OS GRANDES ECONOMISTAS

Jean-Claude Drouin

OS GRANDES ECONOMISTAS

Tradução
DENISE BOTTMANN

martins fontes
selo martins

© 2006, Presses Universitaires de France, Paris.
© 2008, Martins Editora Livraria Ltda., São Paulo, para a presente edição.

Publisher *Evandro Mendonça Martins Fontes*
Coordenação editorial *Vanessa Faleck*
Capa e projeto gráfico *Renata Miyabe Ueda*
Produção editorial *Eliane de Abreu Santoro*
Preparação *Huendel Viana*
Revisão *Ricardo Vagnotti*
Produção gráfica *Sidnei Simonelli*

Dados Internacionais de Catalogação na Publicação (CIP)
(Câmara Brasileira do Livro, SP, Brasil)

Drouin, Jean-Claude
 Os grandes economistas / Jean-Claude Drouin ; tradução Denise Bottmann. – São Paulo : Martins, 2008.

Título original: Les grands économistes.
ISBN 978-85-99102-94-7

1. Economia – História 2. Economistas I. Título

07-10461 CDD-330.0922

Índices para catálogo sistemático:
1. Economistas : Biografia e obra: Tratamento coletivo 330.0922

Todos os direitos desta edição no Brasil reservados à
Martins Editora Livraria Ltda.
Av. Dr. Arnaldo, 2076
01255-000 São Paulo SP Brasil
Tel.: (11) 3116.0000
info@emartinsfontes.com.br
www.martinsfontes-selomartins.com.br

Sumário

1. ADAM SMITH, FUNDADOR DA ESCOLA CLÁSSICA INGLESA

I. O trabalho é a fonte do valor 10
II. A opulência nasce da divisão do trabalho 14
III. O mercado permite a alocação ótima dos recursos 21
IV. O Estado pode contribuir igualmente para a riqueza das nações .. 23

2. DAVID RICARDO, TEÓRICO DO LIBERALISMO ECONÔMICO

I. O valor dos bens decorre simultaneamente do trabalho humano e do capital técnico 34
II. Ricardo vincula os mecanismos da repartição à atividade econômica global 36
III. Uma criação monetária excessiva leva à inflação 39
IV. A troca internacional é benéfica para todas as nações comerciais .. 41

3. THOMAS ROBERT MALTHUS, TEÓRICO DA SUPERPOPULAÇÃO

I. A população pode aumentar mais depressa do que seus meios de subsistência 57
II. É melhor não ajudar os pobres 59

4. JEAN-BAPTISTE SAY, EMPREENDEDOR E ECONOMISTA

I. Jean-Baptiste Say define o empreendedorismo 68
II. Os produtos são trocados por produtos: é a "lei dos mercados" 71
III. O Estado deve permitir a criação de infra-estruturas de comunicação e ensino 74

5. KARL MARX, ECONOMISTA MILITANTE

I. O marxismo é, em primeiro lugar, uma crítica da economia política clássica 81
II. Marx desenvolve um grande modelo teórico para explicar a evolução histórica e a transformação social 86
III. A luta de classes é o motor da história 88

6. LÉON WALRAS, TEÓRICO DO EQUILÍBRIO ECONÔMICO

I. Walras reformula a teoria do valor 99
II. O mercado concorrencial assegura a regulação do sistema econômico 102
III. Uma situação de equilíbrio em cada mercado permite a realização do equilíbrio geral 106

7. JOHN MAYNARD KEYNES, REFORMADOR DO CAPITALISMO

I. Keynes põe em questão as perspectivas dos economistas clássicos 115
II. A demanda efetiva é o conceito central do esquema keynesiano 122
III. Keynes preconiza, em períodos de crise, a intervenção do poder público 128

8. JOSEPH ALOÏS SCHUMPETER, TEÓRICO DA INOVAÇÃO E DOS CICLOS

I. O empreendedor é o revolucionário da economia 138

II. O empreendedor está na origem da inovação...................... 140
III. A inovação está no cerne da dinâmica do capitalismo.............. 143

9. MILTON FRIEDMAN, CRUZADO DAS LIBERDADES ECONÔMICAS

I. Milton Friedman põe em questão a herança keynesiana........... 153
II. A manipulação conjuntural das finanças públicas não é
capaz de vencer o desemprego...................................... 157
III. A inflação é sempre e em toda parte um fenômeno monetário.... 160

Índice temático 165

Índice onomástico 169

Referências bibliográficas 171

Adam Smith, fundador da escola clássica inglesa

1

Adam Smith nasceu em Kirkaldy, na Escócia, em 1723. Estudou filosofia em Glasgow e teologia em Oxford. Em 1752, tornou-se professor de filosofia na Universidade de Glasgow. Graças a seu renome, tornou-se o preceptor do jovem duque de Baccleugh, com a missão de percorrer a Europa em companhia de seu jovem aluno, para lhe apresentar os grandes espíritos da época. Foi assim que Smith conheceu os enciclopedistas (D'Alembert, Helvétius) e os economistas da escola fisiocrata, como François Quesnay e Turgot. Foram estes que o conduziram à economia política. Então começou a escrever sua obra central, *A riqueza das nações*, publicada em 1776. No fim da vida, em 1778, foi nomeado comissário das alfândegas em Edimburgo. Faleceu em 1790.

Adam Smith é considerado "o pai da economia política". Sua obra principal, *A riqueza das nações: investigação sobre sua natureza e suas causas* (título geralmente abreviado para *A riqueza das nações*), constitui uma ruptura na história do pensamento econômico. Ele indaga acerca dos fundamentos da riqueza, rejeitando as teses mercantilistas que consideram como fonte da riqueza a posse de metais preciosos. Opõe-se também aos fisiocratas, que associam a riqueza apenas ao trabalho da terra. Para Smith, a riqueza das nações se funda na divisão do trabalho e na liberdade econômica. A partir do postulado do *laisser-faire* e da existência de uma ordem natural que não deve ser contrariada, a busca das ambições e dos interesses individuais pode se conjugar muito bem com o enriquecimento da coletividade.

Principais obras

The theory of moral sentiments [*Teoria dos sentimentos morais*] (1759).
An inquiry into the nature and causes of the wealth of nations [*A riqueza das nações: investigação sobre sua natureza e suas causas*] (1776).

I | O trabalho é a fonte do valor

Adam Smith investiga as origens do valor dos bens e notadamente a formação do preço do trabalho. Esse estudo o leva a formular uma teoria da repartição.

Smith faz uma distinção entre valor de uso e valor de troca

Antes de Smith, o valor dos bens era definido sobretudo por sua utilidade; o autor de *A riqueza das nações* subverte essa visão ao distinguir entre "valor de uso" e "valor de troca". O valor de uso de um bem está ligado à sua utilidade; o valor de troca de um bem se baseia na capacidade de seu detentor obter outros bens no mercado. Assim, a moeda, na forma de peças ou notas, não tem nenhum valor de uso, mas, por outro lado, possui um forte valor de troca.

Smith ressalta, principalmente com seu paradoxo sobre a água e o diamante, que não existe necessariamente uma relação entre o valor de uso e o valor de troca.

> Não existe nada mais útil do que a água, mas ela não permite comprar praticamente nada; não se consegue praticamente nada em troca. Um diamante, pelo contrário, não tem praticamente nenhum valor de uso, mas muitas vezes é possível trocá-lo por uma grande quantidade de outras mercadorias.[1]

Numa sociedade pouco desenvolvida em termos econômicos, o valor de troca de um produto é essencialmen-

---
1. Adam Smith, *A riqueza das nações: investigação sobre sua natureza e suas causas* (1776).

te definido pela quantidade de trabalho necessário para sua realização. Smith toma o exemplo de um povo de caçadores: se o ato de matar um castor leva o dobro do tempo empregado para matar um cervo, o castor será trocado por dois cervos. Numa sociedade mais desenvolvida, isso se passa de maneira totalmente diversa. O preço ou o valor de troca de uma mercadoria já não deriva apenas do trabalho humano incorporado ao produto, pois outros fatores de produção intervêm na fabricação das várias mercadorias, como a terra, as matérias-primas e, sobretudo, o capital. O preço das mercadorias, então, é determinado pelo nível dos salários, pelo lucro do capitalista e pela renda do proprietário fundiário.

Os rendimentos se dividem em três grandes grupos: os salários, os lucros e a renda da terra

O *salário* corresponde ao rendimento necessário para que o trabalhador possa reproduzir as condições de existência dele e de sua família (alimentação, moradia, vestuário). O salário é determinado pela natureza do trabalho e pela demanda de trabalho dos empreendedores.

Cinco características permitem determinar o nível do salário:
- o caráter agradável ou desagradável que se liga ao trabalho considerado (certos serviços são muito penosos, por isso, a remuneração deve ser maior);

- o tempo de aprendizagem exigido pelo ofício em questão, bem como os custos de formação assumidos pelo assalariado;
- a estabilidade do emprego e a intensidade do esforço despendido;
- a responsabilidade e a confiança que o empresário deposita no trabalhador;
- por fim, o risco, isto é, a maior ou menor probabilidade de sucesso na atividade profissional, o que supõe um prêmio de eficiência em função das tarefas a ser executadas em benefício do empreendimento.

O salário também é largamente condicionado pela situação do mercado de trabalho, que reúne a oferta de trabalho (os trabalhadores em busca de emprego) e a demanda de trabalho (os patrões que precisam de mão-de-obra). Se a oferta de trabalho é superior à demanda, os salários devem baixar "naturalmente". Se a oferta é inferior à demanda, os salários aumentam.

A flexibilidade dos salários se torna, pois, um instrumento regulador, inclusive no plano demográfico. Smith considera que a "demanda de homens" regula necessariamente a "produção de homens". O aumento da oferta de trabalho diante de uma demanda constante ou em baixa reduz os salários e gera desemprego. Esse fenômeno deve acarretar uma baixa da fecundidade. Inversamente, uma demanda de trabalhadores superior à população ativa disponível leva a uma alta dos salários, que permite às famílias aumentar sua descendência.

- O *lucro do capital* representa a parcela do preço de venda do produto que se destina a quem arriscou seu capital na indústria. O valor que os operários acrescentam à matéria-prima se divide em duas partes: os salários e os lucros. Essa análise continua atual, pois coloca a famosa questão da repartição do valor acrescido no empreendimento entre os salários e os lucros, entre o trabalho e o capital.

- A *renda da terra*, rendimento da propriedade da terra, é a diferença entre o valor da colheita, de um lado, e os salários e o produto ligado ao uso do capital de exploração (ferramentas e máquinas agrícolas), de outro. Para Smith, o proprietário fundiário se beneficia de um verdadeiro monopólio, na medida em que a quantidade de terra é obrigatoriamente limitada e sempre existem fazendeiros que procuram arrendar a terra para obter um rendimento.

II | A opulência nasce da divisão do trabalho

A divisão do trabalho, isto é, a repartição das tarefas produtivas necessárias à fabricação dos bens e serviços úteis a uma sociedade entre vários indivíduos ou grupos de indivíduos, é um fenômeno universal. Adam Smith mostra que o princípio da divisão do trabalho é uma das fontes da riqueza das nações. Ele está na base do aumento da produção das empresas e do tecido econômico nacional. O mesmo vale para o campo internacional, quando as nações comerciam entre si.

A divisão do trabalho aumenta a produção e a produtividade na empresa

Adam Smith parte de um exemplo concreto, a repartição das tarefas numa fábrica de alfinetes, exemplo diretamente inspirado no artigo "Alfinetes" da *Enciclopédia* de Diderot e D'Alembert, publicada em 1755. Nessa empresa, a fabricação dos alfinetes está dividida em dezoito operações distintas, confiadas a diferentes operários. O resultado dessa segmentação do processo produtivo é incontestável: se cada operário trabalhasse de maneira independente, nunca a produção seria tão prolífica. A divisão do trabalho aumenta a eficiência do fator trabalho, isto é, sua produtividade.

Adam Smith explica de três maneiras os efeitos positivos da divisão do trabalho sobre o aumento da produtividade:

1. A divisão do trabalho aumenta a habilidade de cada trabalhador, na medida em que ele se especializa numa única tarefa. Torna-se a "única ocupação de sua vida".

2. A divisão do trabalho permite eliminar o tempo que normalmente se perde com a passagem de uma atividade a outra, de uma ferramenta a outra. Tem-se, assim, um considerável ganho de tempo em favor de uma participação mais efetiva na produção.
3. Por fim, a divisão do trabalho leva à criação de novos instrumentos de produção, de novas máquinas que também economizam tempo, ao reduzir a dificuldade do exercício profissional. O surgimento de novos instrumentos de produção tem duas origens, ligadas à divisão do trabalho:
   - a especialização de cada operário o leva a conhecer melhor seu posto de trabalho e, por isso mesmo, a conceber melhores instrumentos para executar sua tarefa;
   - o surgimento de uma categoria de "pesquisadores" ou "teóricos", cuja função consiste em observar o desenrolar da produção, com o objetivo de aperfeiçoá-la, sobretudo com a invenção de novos equipamentos produtivos.

Em todos os ofícios e manufaturas, os efeitos da divisão do trabalho são os mesmos que acabamos de observar na fabricação de um alfinete, embora em muitos deles o trabalho não possa ser tão subdividido nem reduzido a operações de tanta simplicidade. Todavia, em cada ofício, a divisão do trabalho, até onde pode ser levada, gera um aumento proporcional na capacidade produtiva do trabalho. É essa vantagem que parece ter dado origem à separação dos diversos empregos e ocupações.[2]

Mas Adam Smith tinha consciência dos riscos de uma divisão do trabalho levada a seus extremos. A repetição monótona de alguns gestos simples impede que o executante use suas faculdades intelectuais e mesmo simplesmente humanas.

> A inteligência da maioria dos homens é necessariamente formada por suas ocupações habituais. Um homem que passa toda a sua vida executando um pequeno número de operações simples, cujos efeitos, talvez, são também sempre os mesmos ou muito parecidos, não tem ocasião de desenvolver sua inteligência, nem de exercer sua imaginação procurando expedientes para afastar dificuldades, que nunca surgem; portanto, ele perde naturalmente o hábito de utilizar ou exercer suas faculdades e se torna, em geral, tão obtuso e ignorante quanto pode chegar a ser uma criatura humana.[3]

---

2. Ibid.
3. Ibid.

Smith estende o princípio da divisão do trabalho ao conjunto da economia nacional

Se a divisão do trabalho é pertinente no quadro da lógica que comanda a gestão dos recursos humanos na empresa, ela não pode deixar de ser salutar do ponto de vista da economia nacional. Os indivíduos, em função de suas capacidades, se orientam para uma profissão à qual se dedicam após um período de aprendizagem. Uma vez estabelecidos em sua ocupação profissional, eles venderão os produtos de sua atividade, e os ganhos assim auferidos vão lhes permitir obter os bens e serviços que não produzem e que lhes são necessários. Acima de tudo, os agentes produtivos, com vistas a satisfazer seu consumo pessoal, não devem se lançar a outros serviços fora de sua atividade principal.

> A máxima de todo chefe de família prudente é nunca tentar fazer por si a coisa que lhe custaria menos comprar do que fazer. O alfaiate não procura fazer seus sapatos, mas compra-os ao sapateiro; o sapateiro não se põe a fazer suas roupas, mas recorre ao alfaiate; o agricultor não tenta fazer nem um, nem outro, mas se dirige a esses dois artesãos para fazê-los trabalhar. Não há um entre eles que não veja que é interesse seu utilizar toda a sua atividade no tipo de trabalho em que possui alguma vantagem sobre seus vizinhos e comprar todas as outras coisas que podem lhe ser necessárias com

uma parte do produto daquela atividade, ou, o que vem a ser a mesma coisa, com o preço de uma parte desse produto.[4]

No entanto, a divisão do trabalho, fonte da riqueza das nações, só pode existir numa sociedade que tenha institucionalizado a troca entre os agentes produtivos, isto é, uma sociedade que disponha de um mercado. A propensão à troca e o tamanho do mercado são para Smith uma condição *sine qua non* para a divisão do trabalho. Um mercado de dimensões muito restritas encoraja o surgimento de múltiplas atividades para cada indivíduo. A especialização, a excelência numa atividade produtiva só pode surgir a partir do momento em que cada indivíduo tem a possibilidade de vender o produto de seu trabalho, a fim de comprar o que lhe é necessário e que ele não produz. Como mostra Smith, cada homem se torna uma espécie de comerciante, e a própria sociedade é, caracteristicamente, uma sociedade mercantil.

A aplicação dos princípios da divisão do trabalho, fundada na especialização, também pode ser generalizada para as relações econômicas internacionais

Assim, Adam Smith é considerado o pai da divisão internacional do trabalho (DIT), na medida em que foi um dos

---

[4]. Ibid.

primeiros a teorizar o interesse da troca entre as nações. É a teoria da *vantagem absoluta*. Cada nação tem interesse em se especializar na produção de bens em que ela possui uma vantagem absoluta em relação às outras nações, isto é, que ela executa a custos menos elevados do que no exterior. Os bens que seriam produzidos a custos mais altos do que no exterior são simplesmente importados. Basta regular o montante das importações com as receitas obtidas com a venda das exportações.

> O que é prudência na conduta de cada família particular não pode ser insensatez na de um grande império. Se um país estrangeiro pode nos fornecer uma mercadoria a preço mais baixo do que temos condições de estabelecer, mais vale comprá-la com uma parcela do produto de nossa indústria, empregada no gênero em que temos alguma vantagem.
>
> As vantagens naturais de um país sobre outro para a produção de certas mercadorias às vezes são tão grandes que, por um sentimento unânime, seria insensato querer lutar contra elas. Com estufas aquecidas, camas de terra e esterco, e vidraças, pode-se cultivar na Escócia uvas muito boas, com as quais pode-se fazer também um vinho muito bom, talvez com despesas trinta vezes maiores do que custaria comprar um igualmente bom no estrangeiro.[5]

---

5. Ibid.

III | O mercado permite a alocação ótima dos recursos

Como agentes econômicos especializados em tarefas particulares, e no entanto complementares, podem estar na base de um sistema econômico capaz de satisfazer ao conjunto dos participantes? A resposta é simples. Cada um troca o que produz por aquilo que lhe é necessário e que não pode produzir por si. Tem-se o local da troca: é o mercado. O mercado se torna, assim, o instrumento regulador da atividade econômica.

O mercado assegura a transição entre o interesse individual e o interesse coletivo

O mercado smithiano vai muito além de um simples espaço de troca; ele se torna o epicentro de uma regulação que transcende o econômico. O mercado é fator de consenso social, na medida em que permite a harmonia dos interesses contraditórios dos indivíduos. O jogo do interesse pessoal, numa coletividade em que todos os indivíduos são motivados de maneira idêntica, leva à concorrência. Esta leva à produção dos bens desejados pelo conjunto dos agentes econômicos, a preços aceitos pela maioria. Cada indivíduo, motivado pela busca de suas aspirações pessoais, é incentivado a responder à demanda dos outros, com o objetivo de extrair de sua atividade o maior benefício possível. É o que

Smith chama de "mão invisível", que guia os interesses e as paixões individuais na direção mais favorável aos interesses de toda a sociedade.

> O homem tem necessidade quase constante do auxílio de seus semelhantes, e é inútil esperar esse auxílio apenas da benevolência alheia. É muito mais provável consegui-lo se invocar os interesses pessoais deles [...]. Não é da benevolência do açougueiro, do cervejeiro ou do padeiro que esperamos nosso jantar, e sim do cuidado que eles dedicam a seus interesses. Não nos dirigimos a seu humanitarismo, e sim a seu egoísmo; e nunca lhes falamos de nossas necessidades, mas sempre de suas vantagens.[6]

A livre concorrência, na medida em que se traduz na presença de vários vendedores num mesmo mercado, contribui para o surgimento do preço justo. Se um vendedor, levado pela sede de ganho, oferece artigos a preços demasiado altos, sempre haverá um outro vendedor, mais sensato, que apresentará produtos similares a preços mais atraentes para os consumidores. Assim, os vendedores ávidos demais vão se arruinar ou terão de se alinhar. Este é o milagre da "mão invisível": é ela que permite conciliar o egoísmo individual e o interesse geral. Quem se mostra demasiado egoísta, ou melhor, tolamente egoísta, é eliminado do mercado e desapa-

---

6. Ibid.

rece. O egoísmo inteligente faz com que o indivíduo não se afaste demais de uma posição média, graças à qual é possível satisfazer ao mesmo tempo os interesses contrários.

> Ele pensa apenas em seu ganho pessoal; nisso, como em muitos outros casos, ele é levado por uma mão invisível a realizar um fim que não se encontra absolutamente em suas intenções; e nem sempre é pior para a sociedade que esse fim não faça parte de suas intenções. Ao procurar apenas seu interesse pessoal, amiúde ele trabalha de modo muito mais eficiente em favor do interesse da sociedade do que faria se realmente tivesse como finalidade trabalhar para tal. Nunca vi que tenham feito muitas boas coisas aqueles que, em seus empreendimentos comerciais, aspiravam a trabalhar pelo bem geral.[7]

IV | O Estado pode contribuir igualmente para a riqueza das nações

Na medida em que é conveniente deixar a iniciativa individual operar no mercado, onde a "mão invisível" orienta espontaneamente a economia para o ótimo econômico, o Estado ainda tem algum papel a desempenhar? Sem dúvida: para o autor de *A riqueza das nações*, o Estado deve assegurar as funções precípuas que lhe são tradicionalmente atinentes, isto é, as funções do Estado-polícia. Mas, na ordem

---

7. Ibid.

econômica, o Estado não deve cruzar os braços; cumpre-lhe tomar para si a produção de certas atividades econômicas e defender o exercício da concorrência no mercado.

O Estado deve cumprir três funções em relação à sociedade civil:

- A defesa do território com a manutenção das forças armadas.
- A administração da justiça, que consiste em proteger os membros da sociedade contra a injustiça ou a opressão de outros membros da sociedade.
- A criação e manutenção de certas atividades econômicas que não podem ser realizadas pelo setor privado, na medida em que sua produção não é geradora de lucro suficiente, ao passo que seu desenvolvimento é necessário para o bem-estar da coletividade.

Esta última função abre uma polêmica sobre os limites do intervencionismo estatal numa economia liberal. O poder público, com efeito, pode ser levado a compensar as insuficiências do mercado. Assim, o fundador da escola clássica inglesa justifica o financiamento de certos serviços coletivos por meio dos impostos. O mesmo em relação ao ensino.

> O Estado pode facilitar a aquisição desses conhecimentos, estabelecendo em cada paróquia ou distrito uma pequena escola em que as crianças sejam ensinadas a um paga-

mento tão módico que mesmo um simples operário possa desembolsá-lo, sendo o professor pago em parte, mas não totalmente, pelo Estado.[8]

Smith concebe uma tributação que não penalize a atividade econômica

O Estado, para cumprir o conjunto de suas funções, deve utilizar recursos geralmente financiados por um sistema de tributação sobre as diversas atividades que existem no seio da sociedade civil. Adam Smith define quatro grandes regras que devem comandar a arrecadação das receitas fiscais:

- Os cidadãos devem contribuir para o financiamento das atividades públicas em função de suas capacidades contributivas, isto é, de seus rendimentos.
- A arrecadação tributária deve fundar-se em regras transparentes, tendo como objetivo evitar qualquer ambigüidade no que se refere às relações entre o contribuinte e o recebedor.
- A arrecadação tributária deve ser feita de maneira cômoda, de modo que os contribuintes possam desembolsar o montante de seus impostos sem demasiado aperto na gestão de seus negócios correntes.
- As receitas fiscais devem ser limitadas às necessidades de financiamento do Estado e não devem ser aumentadas para enfrentar problemas de gestão do Tesouro.

---

8. Ibid.

Afora a busca da igualdade fiscal e da racionalização da arrecadação, Adam Smith, como liberal, desconfia de um sistema tributário que possa restringir as liberdades econômicas. Cumpre lembrar a fórmula atribuída ao fisiocrata Vincent de Gournay: "Laissez faire les hommes". Uma tributação excessiva arriscaria entravar a dinâmica natural do sistema econômico. O imposto poderia se tornar antieconômico.

> O imposto pode travar a atividade do povo e impedi-lo de se dedicar a certos ramos do comércio ou da indústria, que fornecem emprego e meios de subsistência a muitas pessoas. Assim, de um lado ele obriga o povo a pagar, mas de outro lado diminui ou talvez elimina algumas fontes que poderiam facilmente colocá-lo em condições de fazê-lo.[9]

O Estado deve defender o mercado e a concorrência

O poder público também deve proteger o mercado, velando pelo exercício da livre concorrência, isto é, opondo-se ao surgimento de monopólios (um único vendedor para uma multiplicidade de compradores). Em certas circunstâncias, porém, pode-se tolerar a existência de monopólios. É o caso de empresas que se aventuram, com grandes riscos, a estabelecer laços comerciais com o exterior, ou de indústrias que,

---

9. Ibid.

procurando inovar, se lançam à fabricação de novos produtos que, a longo prazo, podem beneficiar o conjunto da coletividade. Mas essas situações só podem persistir a título temporário, e a regra comum deve ser a da concorrência, que aparece como elemento essencial numa economia de mercado.

> Com um monopólio perpétuo, todos os outros cidadãos se vêem muito injustamente onerados por dois diferentes fardos: o primeiro resulta do alto preço das mercadorias que, no caso de um livre comércio, comprariam a preço muito mais baixo, e o segundo resulta da exclusão total de um ramo de negócios ao qual muitos deles poderiam se dedicar com lucro e prazer.[10]

Prolongamentos e críticas

O engenheiro norte-americano Frederick Winslow Taylor (1856–1915) desenvolve um modelo de organização científica do trabalho (OCT)

O taylorismo é um sistema que se funda simultaneamente numa divisão vertical e numa divisão horizontal do trabalho. Do ponto de vista da divisão vertical do trabalho, a OCT supõe uma nítida divisão entre as funções de concepção e as funções de execução dentro da empresa. Os dirigentes e os

---

10. Ibid.

engenheiros concebem as diversas etapas da produção, e os executantes, isto é, os operários, devem respeitar as ordens que lhes são dadas. A organização do trabalho não pode ser entregue aos caprichos da improvisação. A reflexão científica deve presidir à organização da produção, sobretudo do ponto de vista da gestão dos recursos humanos.

A divisão horizontal do trabalho se articula em torno de uma reflexão sobre a melhor maneira de cumprir as tarefas industriais. É recomendável codificar o conjunto dos gestos necessários para a produção (*the one best way*), a fim de aumentar a produção e evitar as "vadiagens" que atrasam a produção. Por outro lado, assiste-se à individualização das remunerações, sobretudo na distribuição de prêmios: trata-se de recompensar cada agente produtivo em função de seu mérito pessoal e de seu zelo em servir à empresa.

Uma excessiva divisão do trabalho acarreta efeitos perversos que prejudicam os trabalhadores

Marx se opõe à visão otimista de Smith quanto aos efeitos benéficos da divisão do trabalho. Na indústria capitalista, o operário perde o domínio de seu próprio trabalho; ele se torna, na frase de Marx, "um apêndice de carne numa máquina de aço". Essa visão crítica da organização do trabalho foi retomada por vários autores, como o sociólogo norte-americano Stephen Marglin. A divisão do trabalho acarreta uma especialização dos trabalhadores que aumenta o poder do empresário. A decomposição do gesto produtivo em minúsculos segmentos, na medida em que, na maioria das vezes, gera um processo de desqualificação da mão-de-obra, permite registrar três séries de efeitos:

- os trabalhadores ficam à mercê do empregador na contratação e demissão, visto que o recurso à máquina e à divisão das tarefas torna os homens plenamente substituíveis;
- a desqualificação de vários postos de trabalho e a banalização da prática produtiva levam a uma redução dos salários e, assim, a um aumento dos lucros;
- a direção da empresa se torna o único "senhor a bordo", na medida em que os assalariados não possuem mais nenhuma visão global do processo de produção, devido à fragmentação das tarefas produtivas.

A divisão do trabalho levada ao extremo resulta numa *degradação da condição dos trabalhadores*. Como já percebera Smith, aliás, uma excessiva segmentação das tarefas pode levar a efeitos perversos nos próprios indivíduos. Para Alexis de Tocqueville, a repetição infindável dos mesmos gestos traz como conseqüência o "embrutecimento" dos operários, que assim deixam de dispor de suas pessoas. Em sua tese sobre a divisão do trabalho, Émile Durkheim denuncia o aviltamento da natureza humana. Em data mais recente, o sociólogo francês Georges Friedmann, em *Le travail en miettes* [O trabalho em migalhas] (1964), revelou os danos psíquicos e fisiológicos em operários submetidos ao sistema derivado do taylorismo. A impossibilidade de se reconhecer no fruto de seu trabalho, somada à falta de promoção, se traduzia na falta de motivação para o trabalho industrial.

Na esteira de Smith, Arthur Laffer ressalta os perigos de uma pressão fiscal excessiva sobre a sociedade civil

O economista norte-americano Arthur Laffer apresenta uma relação entre o aumento dos impostos de renda e o nível das receitas fiscais. Ele pretende mostrar que o aumento dos impostos obrigatórios, incidindo sobre os rendimentos do trabalho e do capital, paradoxalmente se traduz, a partir de determinado patamar, num declínio das receitas fiscais, bem como numa redução no nível da produção e do emprego. Assim, o *excesso de imposto mata o imposto*, e também, de forma muito mais prejudicial, a atividade e o crescimento econômico. Com efeito, para além de um certo nível de impostos obrigatórios, os agentes produtores de riquezas reduzem suas atividades profissionais e aumentam seu tempo de lazer. Paralelamente, assiste-se a um crescimento da economia informal (trabalho sem registro, recurso ao escambo, menor utilização dos serviços bancários) e a um aumento da fraude fiscal.

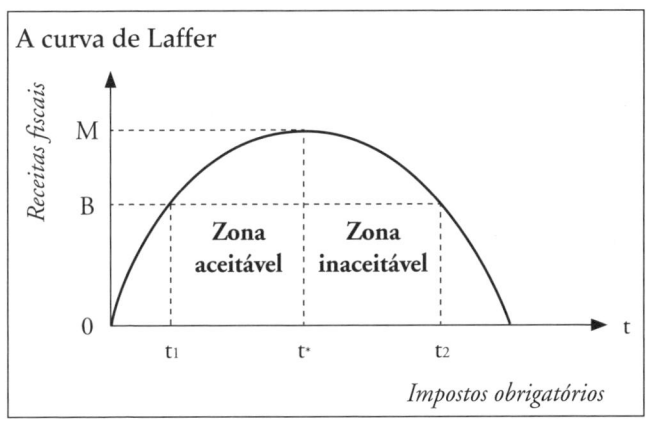

Fora de uma lógica de mercado, o Estado assegura a produção dos bens coletivos

Os bens coletivos designam bens e serviços que podem ser utilizados por vários consumidores ao mesmo tempo, sem que o surgimento de outros consumidores reduza a satisfação dos demais. Assim, os bens coletivos se opõem aos bens ditos privativos, que os agentes econômicos compram no mercado e cujo uso se traduz numa privação para os demais. A defesa nacional, a administração da justiça, a existência de um farol na praia fazem parte dos bens coletivos. Indispensáveis à coletividade, os bens coletivos escapam à economia de mercado, pois seu preço não pode resultar da relação entre oferta e demanda. Assim, sua produção é assegurada pelos poderes públicos a partir das receitas fiscais. Os bens e serviços coletivos, portanto, são bens "fora do mercado" e sua produção parece justificar a existência de uma economia pública, independente dos mecanismos associados à livre concorrência.

David Ricardo, teórico do liberalismo econômico 2

David Ricardo nasceu em Londres em 1772, terceiro filho de uma família de financistas judeus de origem portuguesa. Ele começou a trabalhar com seu pai aos 14 anos, na Bolsa de Londres. Em 1793, estabeleceu-se por conta própria, após romper com a família, e enriqueceu graças ao sucesso em especulações na bolsa. Retirou-se dos negócios aos quarenta anos e descobriu a economia política através das obras de Smith e Jean-Baptiste Say. Suas primeiras publicações foram artigos de teor monetário lançados no *Morning Chronicle*. Em 1819, foi eleito deputado na Câmara dos Comuns. Saiu em 1823 por razões de saúde e faleceu no mesmo ano. David Ricardo defendeu o livre-câmbio e a estabilidade da moeda, e teve influência decisiva para a adoção do *Peel Act*, que reforçou o peso do Banco Central em questões relativas à criação de moeda fiduciária.

David Ricardo é considerado o principal teórico da escola clássica inglesa. Apoiando-se nos trabalhos de Smith, ele reformulou a teoria do valor-trabalho e apresentou uma reflexão original sobre a repartição da renda, dos lucros e dos salários. Defensor do livre-câmbio, pronunciou-se contra as leis protecionistas do Reino Unido, que impediam as importações de cereais a preço baixo, provenientes do continente (*corn laws*). A ele se deve a célebre teoria das vantagens comparativas, base de sustentação da análise liberal no campo das relações econômicas internacionais.

Principais obras

An essay on the influence of a low price of corn on the profits of stock [Ensaio acerca da influência do baixo preço do cereal sobre os lucros do capital] (1815).
On the principles of political economy and taxation [Princípios de economia política e tributação] (1817).

I | O valor dos bens decorre simultaneamente do trabalho humano e do capital técnico

Ricardo reformula a teoria do valor-trabalho levando em conta a utilização do capital técnico

Se o trabalho humano aparece como o primeiro fator de produção, sem o qual nada é possível, também é necessário levar em conta o uso dos bens de produção, os quais geram uma parte do valor dos bens apresentados no mercado. É o que Ricardo chama de *trabalho incorporado*, que reúne o *trabalho direto* necessário para produzir uma mercadoria (a habilidade do trabalhador) e o *trabalho indireto*, contido nas ferramentas, instrumentos e máquinas usadas pelos trabalhadores. A investigação da origem do valor exige considerar essas duas dimensões do ato produtivo. Para expor melhor sua idéia, ele retoma o exemplo do castor e do cervo apresentado por Adam Smith.

> O valor das mercadorias é modificado não só pelo trabalho imediatamente aplicado em sua produção, mas também pelo trabalho dedicado às ferramentas, às máquinas, às instalações que servem para criá-los […]. Suponhamos que a arma para matar o castor exija para sua fabricação muito mais trabalho do que a arma suficiente para matar o cervo […], é provável que um castor valha mais de dois cervos, exatamente porque, considerando-se tudo, é preciso mais trabalho para matar o primeiro.[1]

Ricardo considera que existe ainda uma categoria restrita de bens cujo valor não depende das quantidades de trabalho necessário para sua fabricação. Seu valor se funda em sua raridade. São as obras de arte (quadros, estátuas, li-

---

1. David Ricardo, *Princípios de economia política e tributação* (1817).

vros antigos) cujo preço é determinado pela propensão de alguns indivíduos em adquiri-los. Ricardo define essa categoria como bens não-reprodutíveis, em oposição aos bens reprodutíveis saídos da indústria, cujo valor é determinado pelo recurso ao trabalho e ao capital.

Ricardo distingue também dois tipos de preço: o preço natural e o preço corrente

O preço é o indicador do valor dos bens no mercado. Ele representa a quantidade de moeda que se pode obter ou que se deve ceder em troca do bem em questão.

- O preço natural corresponde aos custos de produção (trabalho incorporado): salários, compra das matérias-primas, uso do capital.
- O preço corrente é determinado pelo jogo da oferta e da procura no mercado.

A médio prazo, Ricardo considera que o preço natural e o preço corrente tendem a se igualar.

II | Ricardo vincula os mecanismos da repartição à atividade econômica global

A divisão salário-lucro está no centro da dinâmica econômica

O valor do trabalho humano, sob a forma de qualquer mercadoria, é função dos custos de produção necessários para obtê-la. O preço natural do trabalho, portanto, depende do preço dos meios de subsistência que permitem ao trabalhador reproduzir sua força de trabalho e manter sua família: é o famoso "salário de subsistência".

> O preço natural do trabalho é o que fornece aos operários, em geral, os meios de subsistir e perpetuar sua espécie sem aumento nem diminuição. O preço natural do trabalho, portanto, depende do preço dos meios de subsistência e das coisas necessárias ou úteis ao sustento do operário e de sua família. Uma alta no preço desses objetos aumenta o preço natural do trabalho, e este diminui com a baixa dos preços.[2]

O preço corrente do trabalho é, em si, função das condições do mercado de trabalho. Quando a oferta de trabalho é superior à demanda de trabalho, o salário diminui. Ocorre o inverso quando a demanda de trabalho é superior à oferta: nesse caso, o salário tende a aumentar. Neste ponto, Ricardo concorda com Smith e Malthus. A taxa salarial resulta do crescimento demográfico. Quando a população de trabalhadores está em aumento, os empresários lançam mão da concorrência entre os trabalhadores para reduzir sua remuneração. É por isso que Ricardo, tal como Mal-

---
2. Ibid.

thus, discorda das "leis dos pobres", que em períodos de dificuldades econômicas podem se traduzir num aumento da fecundidade, gerando uma quantidade de mão-de-obra excedente, que então se torna prejudicial ao equilíbrio econômico e às condições de vida dos próprios trabalhadores.

O aumento do preço dos bens de subsistência acarreta uma alta dos salários e, portanto, uma queda dos lucros que pode levar a uma estagnação da economia

O encarecimento do preço dos bens de subsistência, sobretudo o aumento do preço do trigo, é gerado por rendimentos decrescentes na agricultura, aos quais pode-se somar um aumento da população. Aqui, Ricardo se inspira nas perspectivas pessimistas de Malthus. O número de bocas a alimentar aumenta, ao passo que a produção agrícola não consegue atender à demanda. Como o preço natural do trabalho se funda no preço dos bens de subsistência, os salários aumentam. Ora, para Ricardo, o lucro do empresário é um residual que corresponde aos preços das mercadorias vendidas subtraídos os encargos, em particular os salários.

O aumento dos salários, assim, acarreta a queda dos lucros que permitem financiar o investimento. Esse estado do sistema econômico resulta no "estado estacionário", que corresponde à interrupção do crescimento. Essa análise será usada por Marx para extrair sua teoria da baixa tendencial das taxas de lucro.

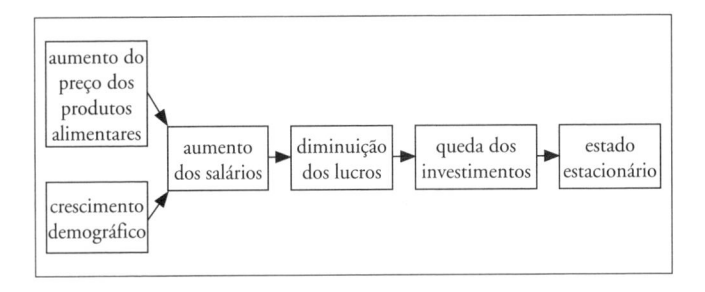

```
┌─────────────┐
│ aumento do  │
│ preço dos   │
│ produtos    │
│ alimentares │──┐   ┌──────────┐   ┌───────────┐   ┌─────────────┐   ┌─────────────┐
└─────────────┘  ├──▶│ aumento  │──▶│ diminuição│──▶│ queda dos   │──▶│ estado      │
┌─────────────┐  │   │dos salários│ │ dos lucros│   │investimentos│   │estacionário │
│ crescimento │──┘   └──────────┘   └───────────┘   └─────────────┘   └─────────────┘
│ demográfico │
└─────────────┘
```

III | Uma criação monetária excessiva leva à inflação

O Estado não deve se exceder na emissão de papel-moeda

A Grã-Bretanha foi gravemente atingida pela inflação durante o conflito com a França. Assistiu-se a uma depreciação do papel-moeda, isto é, das cédulas de dinheiro, e a uma alta do preço do ouro. David Ricardo considera que o aumento do preço do ouro está ligado a uma emissão excessiva de papel-moeda. Ele sustenta essa tese em três artigos sobre o preço do ouro, escritos em 1809 para o *Morning Chronicle*, e depois na obra *Resposta às "Observações práticas sobre o relatório do Comitê Bullion", do sr. Bosanquet*, publicada em 1811. Em seus *Princípios de economia política e tributação* (1817), Ricardo ressalta a tentação que pode levar um governo a emitir um excesso de papel-moeda. Segundo a teoria do valor, toda mercadoria tem um preço, determinado pelo tempo de trabalho necessário para sua produção. A moeda é uma mercadoria como outra qualquer, e seu valor decorre do tempo de trabalho útil para sua produção. Ora, o papel-moeda pode ser produzido com grande facilidade, ao contrário da moeda de ouro ou de prata, que se baseia na extração e na cunhagem do metal. Assim, um governo pode mandar imprimir um excesso de cédulas monetárias.

Os bancos devem limitar seus créditos à economia

Se não existem limites à fabricação do papel-moeda, o mesmo ocorre com a moeda criada por simples jogos de escrituração no sistema bancário, isto é, a moeda bancária. Assim, os bancos, tal como o Estado com a emissão de notas, teriam um poder monetário ilimitado. Não se deve esquecer que os banqueiros enriquecem apenas com os juros que derivam dos créditos à economia. Os bancos só obtêm rendimentos quando asseguram sua clientela oferecendo liquidez. Portanto, eles têm o máximo interesse em que um grande número de pessoas precise de financiamento, mas a multiplicação dos créditos se traduz necessariamente no fenômeno de criação monetária, o que resulta na inflação, a qual pode se equiparar à alta dos preços. No entanto, o papel-moeda é extremamente útil para a realização das transações, assim como o crédito se mostra indispensável ao desenvolvimento da indústria. Para sair desse dilema, Ricardo propõe vincular a criação de papel-moeda e da moeda bancária à reserva de ouro dos bancos: é o *currency principle*.

Ele se opõe ao *banking principle* defendido, naturalmente, pelos banqueiros, que, em termos de criação monetária, deixa uma certa margem aos bancos para sustentar a atividade e o crescimento econômico. O *Peel Act* (devido ao nome do primeiro-ministro sir Robert Peel), de 1844, deu uma certa razão aos defensores do *currency principle* ao limitar a criação de moeda fiduciária às reservas metálicas do Banco da Inglaterra. Para enfrentar a necessidade de liquidez, os britânicos passaram a recorrer aos bancos comerciais, o que incrementou o desenvolvimento do uso da moeda bancária.

IV | A troca internacional é benéfica para todas as nações comerciais

O recurso ao comércio exterior impede a baixa da taxa de lucro

Ricardo procura evitar o estado estacionário na Grã-Bretanha. Se o preço dos cereais britânicos é elevado demais, parece necessário importar cereais estrangeiros mais baratos. A redução dos preços dos produtos de primeira necessidade se traduz numa baixa dos salários e, portanto, num inchamento dos lucros. Ademais, é preciso diminuir, e até eliminar, os direitos protecionistas que impedem a importação de trigo na Grã-Bretanha. De fato, os proprietários fundiários, com o objetivo de maximizar seus recursos com uma alta taxa de renda da terra, haviam feito pressão sobre as autoridades políticas. Com uma tarifa protetora elevada, cria-se um obstáculo à produção estrangeira. Ricardo, então, se alinha com os empreendedores industriais que buscam lucro contra os proprietários fundiários rentistas e assim reivindica a abolição das leis sobre os cereais (*corn laws*).

Se o comércio exterior da economia inglesa se apresenta como uma necessidade, não se passa o mesmo nas outras nações?

A troca internacional é benéfica para todas as nações participantes

A teoria ricardiana da troca internacional é justificada pelos mesmos princípios avançados por Smith em sua metáfora da "mão invisível". Cada nação, ao buscar seus interesses nacionais, contribui para atender aos interesses da comunidade econômica internacional.

O livre-câmbio, assim, aparece como um programa para o bem de todos. Depois do *laisser-faire*, é preciso *laisser passer*.

> Num sistema de total liberdade do comércio, cada país dedica seu capital e sua atividade ao uso que melhor parece lhe convir. A perspectiva do interesse individual condiz plenamente com o bem universal de toda a sociedade. Assim, estimulando a atividade, recompensando o talento

e tirando o melhor partido possível dos benefícios da natureza, chega-se a uma melhor distribuição e a uma maior economia no trabalho. Ao mesmo tempo, o aumento da massa geral dos produtos difunde o bem-estar por toda parte; a troca une todas as nações do mundo civilizado com os laços comuns do interesse, com relações amistosas, e cria uma única grande sociedade.[3]

Ricardo enuncia a lei das vantagens comparativas

Ao contrário da visão smithiana da troca internacional, Ricardo não raciocina mais em termos de vantagens absolutas, e sim em termos de vantagens comparativas. Um país pode preferir importar certos produtos que poderia fazer a custos mais baixos do que os do estrangeiro, se com isso, tiver a perspectiva de conquistar uma posição dominante em outras produções exportáveis. Na origem da teoria ricardiana está a observação das realidades econômicas e comerciais britânicas no começo do século XIX. A Grã-Bretanha não tinha interesse em importar trigo, mesmo pagando mais caro, se a industrialização lhe garantia uma "vantagem comparativa" para vários produtos manufaturados?

> Suponhamos dois trabalhadores, ambos sabendo fazer sapatos e chapéus: um deles pode ser excelente nos dois ofí-

---

3. Ibid.

cios; mas, fazendo chapéus, ele supera seu rival apenas em 1/5, isto é, em 20%, ao passo que, trabalhando nos sapatos, ele tem uma vantagem de 1/3, isto é, 33%. Não seria de interesse de ambos que o trabalhador mais hábil se dedicasse exclusivamente ao ofício de sapateiro, e o menos hábil ao de chapeleiro?[4]

Exposto no capítulo VII dos *Princípios de economia política e tributação*, o raciocínio ricardiano se baseia num exemplo imaginário, o mais famoso da literatura econômica sobre o comércio internacional: a troca de tecido inglês por vinho português.

Na Inglaterra, a produção de tecido exige o trabalho de cem operários durante um ano, e a produção de vinho é realizada por 120 operários durante o mesmo período. Em Portugal, a produção de vinho requer o trabalho de oitenta operários, e a fabricação de tecido supõe o uso de noventa operários.

Para os dois produtos, o tecido e o vinho, a produção portuguesa é mais econômica em termos de trabalho. No entanto, especializando-se em vinho, Portugal pode comprar mais tecidos do que produziria se desviasse uma parte de seu capital da vinicultura para a indústria têxtil. Cada país opta pelo tipo de produção em que se destaca. As receitas

---

4. Ibid.

obtidas com as exportações permitem financiar as importações. O interesse das duas nações se funda na especialização: o tecido para a Inglaterra e o vinho para Portugal. Assim surge a divisão internacional do trabalho já evocada por Adam Smith.

	Grã-Bretanha	**Portugal**
vinho (*x* garrafas)	120 operários	80 operários
tecido (*x* metros)	100 operários	90 operários

Como se explicam as vantagens comparativas?

Ricardo não se detém muito sobre as origens das vantagens comparativas de uma nação no quadro da especialização internacional. No entanto, ele menciona a existência de vantagens naturais (situação geográfica, clima, fertilidade do solo) e vantagens artificiais, como a maior inteligência dos operários ou a superioridade dos instrumentos de produção, isto é, do capital.

Para Ricardo, essas diversas vantagens se mantêm vinculadas a uma economia nacional. Com efeito, a teoria das vantagens comparativas se baseia na mobilidade dos fatores de produção no nível nacional, mas se baseia na imobilidade desses fatores em nível internacional. É a mobilidade dos produtos que compensa a imobilidade dos fatores de produção. Evidentemente, deve-se relativizar esse postulado, na medida em que o essencial da produção no começo do século XIX era de origem agrícola, e os homens, bem como as máquinas, em geral não mudavam de área de empregabilidade.

> Se os lucros dos capitais empregados em Yorkshire ultrapassassem os dos capitais empregados em Londres, os fundos rapidamente se transfeririam de Londres para Yorkshire, e os lucros se nivelariam. Mas se o solo da Inglaterra se tornasse menos produtivo, ou se o aumento dos capitais e da população levasse à alta dos salários e à baixa dos lucros, nem por isso o capital e a população teriam necessariamente de deixar a Inglaterra e ir para a Holanda, a Espanha ou a Rússia, onde os lucros poderiam ser mais altos.[5]

O sistema do padrão-ouro permite o equilíbrio automático da balança de pagamentos

Comerciar com o resto do mundo, para Ricardo, parece algo plenamente favorável em termos de crescimento econômico. No entanto, coloca-se uma pergunta: como equilibrar o comércio exterior dos países que participam da troca internacional? Comprar mais do que vender no estrangeiro resulta num saldo negativo com o exterior. Vender mais do que com-

---

5. Ibid.

prar no estrangeiro gera um excedente na balança comercial com as outras nações. Graças à convertibilidade das moedas, garantida por uma taxa de câmbio, tem-se uma regulação nas balanças comerciais dos países participantes da troca internacional. Se um país importa mais do que exporta, suas contas serão deficitárias. Ele pagará o déficit com uma saída de divisas ou de ouro de seu território econômico. Essa retirada de metal precioso trará como conseqüência uma diminuição dos meios de pagamento dentro da economia nacional, o que, por sua vez, acarretará uma baixa dos preços. A baixa dos preços internos traz, como corolário, melhor competitividade dos preços dos produtos nos mercados externos. A certo prazo, o país deficitário *ex ante* recupera o equilíbrio *ex post*. O mesmo vale para um país com excedente em seu comércio exterior: a entrada de divisas aumenta o volume de moeda circulante e alimenta a elevação dos preços. A inflação encarece os preços de exportação e altera a competitividade dos produtos no espaço comercial internacional.

Prolongamentos e críticas

Ricardo está na origem da visão liberal da troca internacional. Depois dele, outros autores desenvolveram a validade de suas hipóteses e da necessidade do comércio entre as nações para o bem-estar do mundo. Paralelamente, surgiu um grande volume de críticas aos efeitos perversos associados ao livre-câmbio: as relações econômicas internacionais nem sempre resultariam em crescimento e desenvolvimento econômico.

A escola sueca das trocas internacionais dá continuidade à teoria ricardiana

Dois economistas suecos, Eli Heckscher (1879–1952) e Bertil Ohlin (1899–1979), explicam a troca internacional a partir da abundância (ou escassez) relativa dos fatores de produção de cada nação. Um país tem vantagem na exportação de bens cuja produção requer o uso intensivo do fator de produção considerado abundante. Inversamente, um país tem uma desvantagem comparativa na produção dos bens que demandam o uso intensivo do fator produtivo relativamente escasso.

Essa análise parte do exame das quantidades físicas dos fatores de produção, isto é, das quantidades do fator trabalho (importância da população ativa) e das quantidades do fator capital (reserva de capital fixo) disponíveis numa nação (dotações fatoriais nacionais). Os fatores de produção são calculados em função de seus preços no mercado (taxa de salários, taxa de juros). Assim se determina uma situação de abundância ou escassez em fatores de produção ao preço do mercado. Para tomar um exemplo concreto, num país em que o capital utilizado é escasso e portanto caro, os automóveis terão um preço muito elevado; em contrapartida, se a mão-de-obra é numerosa, os produtos têxteis serão baratos. A cada país corresponde uma dotação de fatores de produção que lhe é própria.

Num segundo momento, Heckscher e Ohlin raciocinam em termos de *intensidade fatorial*. A produção de certos bens supõe mais capital do que trabalho. Tal é o caso, por exemplo, da indústria de informática. Um país que dispõe de uma abundância relativa de capital tem interesse, portanto, em especializar seu aparato produtivo na realização dos bens que incorporam o fator dominante, aquele que custa menos. Essa escolha judiciosa, válida para o mercado interno, também é válida do ponto de vista das relações entre o país em questão e o exterior.

Wassily Leontieff insiste sobre os aspectos qualitativos da dotação fatorial das nações para revelar o desempenho no comércio exterior

Estudando o comércio exterior dos Estados Unidos de 1947 a 1952 à luz do teorema Heckscher-Ohlin, o economista de origem russa Wassily Leontieff constatou que as exportações norte-americanas incorporavam mais trabalho (fator escasso e caro) do que capital (fator abundante e menos caro). Tal constatação parece contrariar totalmente a teoria sueca das trocas internacionais. Contudo, o paradoxo se resolve com facilidade na medida em que a mão-de-obra norte-americana, embora relativamente cara, se caracteriza por uma altíssima produtividade. A partir de seu estudo empírico, Leontieff pôde concluir que um trabalhador norte-americano valia por três trabalhadores estrangeiros. A eficiência dos trabalhadores norte-americanos se explica por seu nível de instrução, pela organização do trabalho e pela existência de representações coletivas favoráveis ao trabalho industrial (consenso social).

Os defensores do protecionismo questionam o livre-câmbio

Um dos primeiros a apontar os limites do livre-câmbio e os perigos da especialização foi o economista alemão Friedrich List (1789–1846). Em seu *Das Nationale System der Politischen Ökonomie* [Sistema nacional de economia política], List questiona a tirania da Grã-Bretanha em matérias comerciais, bem como o caráter científico da teoria de Ricardo.

Friedrich List compara o desenvolvimento econômico de uma nação ao de um indivíduo que, para atingir a idade adulta, deve ser protegido de todas as influências externas que possam retardar seu amadurecimento. Segundo List, a evolução econômica das nações passa por cinco fases sucessivas: o estado selvagem, o estado pastoril, o estado agrícola, o estado agro-manufatureiro, que se caracteriza pelo nascimento da indústria, e o estado agro-manufatureiro-comercial, que marca a maturidade do sistema econômico nacional.

Na quarta fase (o estado agro-manufatureiro), o Estado deve proteger as novas indústrias contra a concorrência estrangeira, para permitir sua passagem para a maturidade econômica. Entrar rápido demais no quadro da especialização internacional, e sofrer a concorrência de países mais avançados em termos de evolução tecnológica, traria o risco de bloquear o desenvolvimento da economia nacional. O protecionismo alfandegário é necessário até o momento em que o país atinge o estágio final: o estado agro-manufatureiro-comercial.

O protecionismo educador de List se opõe ao livre-câmbio derivado da problemática ricardiana ao questionar a idéia de "nações iguais" no comércio internacional. Diferenças científicas e tecnológicas introduzem desigualdades que levam a efeitos de dominação negligenciados pelos clássicos. Ademais, parece necessário avaliar a pertinência de uma escolha coerente em termos de comércio exterior para os países em desenvolvimento. Uma inserção demasiado rápida na divisão internacional do trabalho não traria o risco de prejudicar o processo de industrialização ou de restringir o desenvolvimento desses países a funções de subcontratação em favor dos países mais ricos?

O keynesianismo preconiza a retração do livre-câmbio em períodos de crise econômica e subemprego

Em *A treatise on money* [*Tratado sobre a moeda*] (1930), Keynes recomendava a criação de tarifas alfandegárias para salvaguardar e desenvolver o emprego nacional. Os direitos alfandegários, além de sua função de proteção, podem permitir o financiamento de uma parte do programa de expansão interna (novo impulso à atividade econômica).

Mais recentemente, o economista neokeynesiano Nicolas Kaldor preconizou a condução de estratégias protecionistas, em caráter temporário, para permitir a revigoração das indústrias tradicionais dos países desenvolvidos ameaçados pelas jovens indústrias dos países em desenvolvimento.

A corrente marxista contribuiu para desenvolver a idéia de uma "troca desigual"

O livre-câmbio é entendido como uma das modalidades de dominação dos países centrais (países desenvolvidos) sobre os países periféricos (países em desenvolvimento).

Retomando a teoria do valor-trabalho de Ricardo, Marx mostrou que a troca entre nações com diferentes produtividades do trabalho se traduzia inevitavelmente numa relação de exploração. Os países mais avançados em termos de acumulação do capital podem obter, com importações de países menos avançados, produtos que demandam mais horas de trabalho, ao passo que suas exportações requerem menos. Os termos da troca, considerados a partir das quantidades de trabalho necessárias para as importações e as exportações, são desfavoráveis às nações que se caracterizam por um menor grau de desenvolvimento das forças produtivas.

A mesma constatação foi feita pelo economista grego Aghiri Emmanuel. Ele raciocina não em termos de horas de trabalho, mas em função das diferenças de custos salariais entre os países ricos e os países pobres. Com tempos de trabalho iguais, os produtos dos países com salários mais altos (países desenvolvidos) serão mais caros nos mercados internacionais do que os produtos realizados nos países onde a mão-de-obra tem uma remuneração menor. As empresas e os consumidores dos países centrais, portanto, obtêm vantagens de suas relações comerciais com os países periféricos. Assim se perpetua a exploração dos países do Hemisfério Sul pelo Ocidente industrializado.

As hipóteses ricardianas parecem parcialmente invalidadas pela globalização das economias

A teoria das vantagens comparativas se funda em postulados desmentidos pelo exame das realidades do comércio internacional. O raciocínio ricardiano se baseia em várias hipóteses altamente teóricas, como a imobilidade dos fatores de produção (recursos naturais, trabalho, capital), que é compensada pela mobilidade dos produtos. É fácil constatar que se assiste, na maioria das economias modernas, à mobilidade do capital (transferências de tecnologia) e do trabalho humano (migrações profissionais). Outras hipóteses – livre ingresso na indústria, produção de rendimentos constantes – foram refutadas pelos fatos. É evidente que a produção em grande escala permite abaixar os preços de custo, e as nações que têm importantes canais de escoamento internacional podem oferecer suas exportações a preços atraentes nos mercados mundiais. A constatação empírica altera o alcance geral da análise de Ricardo.

Thomas Robert Malthus, teórico da superpopulação

3

Thomas Robert Malthus nasceu em Rookery, Surrey, em 1766. Depois de estudar matemática e literatura em Cambridge, ele tomou o sacerdócio em 1789, assumindo uma paróquia em 1791. O exercício do ministério o pôs em contato brutal com as realidades de seu tempo: a situação das classes trabalhadoras arrastadas para o processo de industrialização da economia britânica. A análise das desgraças da época o levou à economia política. Em 1805, tornou-se professor de história e economia política na faculdade fundada pela Companhia das Índias Orientais, em Haileybury. Morreu em 1834.

Como Smith e Ricardo, Malthus é um dos principais representantes da escola clássica inglesa. Influenciado pelo espírito do Iluminismo, favorável à idéia de progresso social, Malthus inicialmente defendia uma redistribuição de renda entre as populações mais desfavorecidas. Mas a extensão da pobreza e o espetáculo cotidiano da miséria o levaram a rever suas posições éticas e a orientar suas reflexões para um maior pragmatismo econômico. No entanto, Malthus não merece o epíteto de "pessimista" que tantas vezes lhe atribuem os historiadores do pensamento econômico. Ao criticar o excesso de poupança da classe capitalista, ao frisar o benefício coletivo dos trabalhos de utilidade pública, Malthus pode ser considerado o primeiro teórico da demanda. Sob esse aspecto, ele prefigura o keynesianismo.

Principais obras

An essay on the principle of population [*Ensaio sobre a população*] (primeira edição anônima em 1798, segunda edição com o nome do autor em 1803).

An inquiry into the nature and progress of rent [*Investigação sobre a natureza e a evolução da renda*] (1815).

Principles of political economy: considered with a view to their practical application [*Princípios de economia política e considerações sobre sua aplicação prática*] (1820).

The measure of value [*A medida do valor*] (1823).

Definitions on political economy [*Definições de economia política*] (1827).

I | A população pode aumentar mais depressa do que seus meios de subsistência

Malthus estabelece uma relação entre as possibilidades de evolução da produção agrícola e o aumento da população

A produção agrícola é determinada pelo estabelecimento do valor das terras, considerado sob o aspecto quantitativo (superfície agrícola útil) e o qualitativo (métodos de cultivo). Do ponto de vista quantitativo, as terras cultiváveis estão limitadas pelo espaço geográfico do território nacional. Não têm extensão infinita. Exploradas todas as terras, naturalmente surge um ponto de estrangulamento na produção dos alimentos. De um ponto de vista mais qualitativo, Malthus se baseia na lei dos rendimentos decrescentes, cuja paternidade foi atribuída ao economista e político francês Anne Robert Turgot (1727–1781). A semente num terreno inculto não dá nenhum resultado. A primeira aragem permite a obtenção de uma colheita, a segunda aragem permite aumentar o rendimento, e a terceira também. Assim se tem um rendimento crescente. Mas, a partir de um certo ponto, qualquer que seja o trabalho do camponês, os rendimentos diminuem devido ao esgotamento do solo; é neste momento que se pode falar em rendimentos decrescentes.

Malthus considera que os bens de subsistência, extraídos da produção agrícola, crescem apenas em proporção aritmética (1, 2, 3, 4, 5 etc.).

O aumento da população, graças ao aumento da fecundidade, evolui num ritmo muito mais rápido do que a produção agrícola. A população cresce em proporção geométrica (1, 2, 4, 8, 16 etc.).

> Quando a população não é detida por nenhum obstáculo, ela dobra a cada 25 anos e, assim, cresce a cada período numa progressão geométrica. [...] Portanto podemos afirmar, partindo do estado atual da terra habitável, que os meios de subsistência, nas circunstâncias mais favoráveis à produção, nunca podem aumentar num ritmo mais rápido do que uma progressão aritmética.[1]

A explosão demográfica se choca, então, com o nível dos recursos alimentares disponíveis, o que se traduz na generalização da pobreza, na fome e, por fim, na subversão da ordem social.

Dois tipos de obstáculos opõem-se ao crescimento demográfico e repõem o peso dos homens no mesmo nível dos alimentos: o "obstáculo destrutivo" e o "obstáculo preventivo"

O primeiro deles, o obstáculo destrutivo, resulta das desgraças que atingem as populações, como as fomes, as epidemias e as guerras. O obstáculo preventivo, menos doloroso,

---

1. Thomas Robert Malthus, *Ensaio sobre o princípio da população* (1798).

é denominado por Malthus de "coerção moral". Ele entende por isso o casamento tardio e a castidade, pois condena o controle da natalidade que lhe parece contrário às leis de Deus e da natureza. Mas essa coerção moral não se impõe a todos da mesma maneira, e é função do nível de renda. Os que se beneficiam de recursos econômicos suficientes poderão contrair uma aliança matrimonial e procriar; por outro lado, todos os que apenas conseguem não morrer de fome terão de se impor como dever uma castidade completa, até o momento em que forem capazes de manter uma família. Tal é a moral malthusiana, a meio caminho entre a racionalidade econômica e a obrigação ética.

A primeira edição do *Ensaio sobre o princípio da população*, datada de 1798, é essencialmente pessimista; a segunda edição, de 1803, é mais atenuada e apresenta algumas medidas para a "superpopulação". Assim, a instrução e a poupança popular podem estimular as famílias desfavorecidas a reduzir sua prole. Além disso, a importação de trigo, autorizada com a adoção do livre-câmbio, pode mitigar as insuficiências da produção nacional.

II | É melhor não ajudar os pobres

Realista (ou insensível?), Malthus critica as políticas de assistência às populações desfavorecidas. Com efeito, a Grã-Bretanha dispunha de um sistema de assistência social organizado por paróquias: as famosas *poor laws* [leis dos pobres]. Malthus condena totalmente esse modo de redistribuição, que, segundo ele, apenas agrava a pobreza. É a famosa metáfora do grande banquete da natureza.

> Um homem que nasce num mundo já ocupado, se não consegue obter de seus pais a subsistência que lhe é justo pedir, e se a sociedade não precisa de seu trabalho, não tem nenhum direito de reclamar a menor parcela de alimento, e de fato ele está sobrando. No grande banquete da natureza, não há lugar vago para ele. Ela o intima a sair, e ela mesma não tardará em executar suas ordens caso ele não recorra à compaixão de alguns convivas do banquete. Se esses convivas se comprimem e lhe abrem lugar, imediatamente se apresentam outros intrusos, pedindo o mesmo favor. O rumor de que existem alimentos para todos os chegados enche a sala de inúmeros reclamantes.[2]

Malthus se manifesta contra o auxílio aos pobres devido aos efeitos perversos dessa assistência.

As leis dos pobres nunca acabaram com a pobreza. Pelo contrário, tenderiam a aumentá-la.

A transferência de renda sem a contrapartida da criação de riquezas leva ao aumento dos preços. Assim se assiste à chamada inflação por demanda.

---

2. Ibid.

A ajuda monetária às populações desfavorecidas pode gerar um crescimento populacional que Malthus reprova, na medida em que não pode vir associada a um aumento dos meios de subsistência. Além disso, esse aumento populacional aumenta a oferta de trabalho, que, se não for absorvida por uma demanda equivalente dos patrões, trará como conseqüência o aumento do desemprego e, portanto, da pobreza.

Por fim, a transferência para os assistidos se baseia em recursos retirados dos rendimentos do trabalho e da geração de riquezas das categorias mais dinâmicas em termos econômicos. Se estas são "injustamente" espoliadas em seus recursos, o conjunto da sociedade é que irá arcar com o ônus, diminuindo o incentivo a uma maior produção.

Prolongamentos e críticas

A doutrina malthusiana teve prolongamentos recentes, como prova a política do filho único na China. No entanto, Malthus foi muito criticado, sobretudo por ter minimizado o papel do progresso técnico na agricultura. A teoria da transição demográfica ressalta a obtenção de um equilíbrio entre o crescimento econômico e o crescimento populacional. Por fim, o crescimento da população poderia estimular o crescimento e o desenvolvimento econômico.

A política demográfica chinesa dos anos 1980 permitiu a redução do crescimento natural

Em 1979 teve início a política do filho único, reforçada em 1981 pela criação de uma comissão do Estado para o planejamento familiar. Várias modalidades de acompanhamento incentivam as populações a diminuir o tamanho de suas famílias. As famílias portadoras de um "comprovante de filho único" recebem vantagens monetárias e prioridades nas escolas e mesmo nas universidades. Por outro lado, os casais urbanos com dois ou três filhos nos campos perdem uma parte de seus direitos sociais. Na China, de 1965 a 1986, o índice consolidado de fecundidade passou de 6,4 para 2,3 filhos. Paralelamente, a mortalidade infantil diminuiu de 9 para 3,4%.

Malthus subestima o papel do progresso técnico na agricultura

Devido às diversas transformações que os historiadores denominam de "revolução agrícola" (fim do alqueive, exploração de novas variedades vegetais, melhoria das técnicas etc.), a agricultura ocidental teve um aumento no rendimento dos solos, bem como um forte aumento da produtividade do trabalho. Assim, hoje, um agricultor francês produz o suficiente para alimentar setenta pessoas, em vez das quatro pessoas na época de Malthus.

Além disso, o desenvolvimento das trocas internacionais pode compensar a insuficiência da produção agrícola com o recurso às importações. Basta que o país se oriente para a produção e exportação de bens que lhe tragam vantagens. As receitas obtidas com as exportações permitem financiar as importações de produtos agrícolas. Ao contrário da visão malthusiana, a agricultura não é um obstáculo para o crescimento da população.

O princípio da população é refutado pela transição demográfica

A teoria da transição demográfica foi formulada por dois norte-americanos, Frank Notestein e Ansley Coale, nos anos 1940. Ela apresenta a idéia de um equilíbrio entre o crescimento demográfico e o crescimento econômico, e apenas a fase da transição demográfica mostra um desequilíbrio entre os meios de subsistência e o número de nascimentos.

O regime demográfico tradicional se caracteriza por uma alta natalidade ligada a uma fecundidade natural (ausência de obstáculos à procriação). A mortalidade é muito alta, em particular a mortalidade infantil. O crescimento demográfico é relativamente pequeno.

A primeira fase da transição demográfica é marcada por diminuição da mortalidade, graças a uma melhor alimentação das populações. Paralelamente, a fecundidade se mantém em níveis elevados. Essa fase tem como conseqüência demográfica um aumento do crescimento natural.

A segunda fase da transição demográfica mantém a baixa da mortalidade, mas traz também a inflexão da fecundidade. Assiste-se ao surgimento de uma fecundidade controlada, graças à melhoria do padrão de vida e às mudanças nos sistemas representacionais (posição da mulher, papel da criança, desenvolvimento da instrução).

A transição demográfica autoriza o surgimento de um regime demográfico moderno, onde uma baixa natalidade está associada a uma mortalidade moderada. Os países ocidentais passaram por sua transição demográfica nos séculos XVIII e XIX. Alguns países em desenvolvimento na Ásia e na América Latina começaram a ingressar na segunda fase da transição demográfica.

Assim, à luz da experiência histórica, não ocorre o crescimento exponencial das populações humanas. A fase de crescimento da população é meramente transitória. A seguir, a fecundidade se ajusta ao nível da mortalidade.

O crescimento populacional pode favorecer o desenvolvimento

Para Malthus, o crescimento demográfico só seria permitido com o aumento dos recursos e dos rendimentos. Mas é possível inverter essa relação, considerando que o cresci-

A transição demográfica

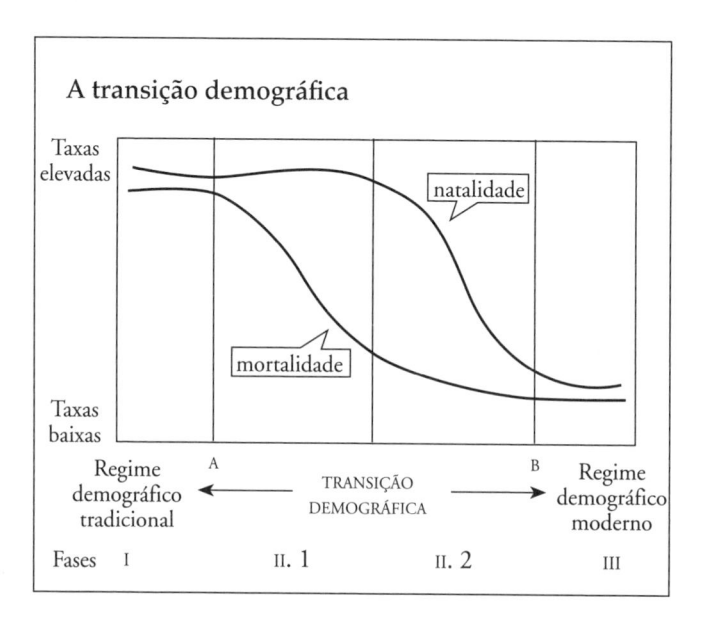

	Fase I	Fase II.1	Fase II.2	Fase III
Taxas elevadas → Taxas baixas	natalidade e mortalidade altas	mortalidade cai	natalidade cai	taxas baixas
	Regime demográfico tradicional	← A TRANSIÇÃO DEMOGRÁFICA B →		Regime demográfico moderno

mento demográfico pode incentivar o crescimento e o desenvolvimento econômico. Tal é a tese de Ester Boserup, contrapondo-se à doutrina malthusiana. Assim, a pressão demográfica é criadora, na medida em que se traduz no recurso obrigatório ao progresso técnico. As populações de baixa densidade demográfica se manteriam num estágio tradicional e ficariam fora do desenvolvimento. As populações de alta densidade humana seriam levadas a uma exploração mais racional dos solos, para atender ao aumento da população. O crescimento demográfico deixa de ser um obstáculo e passa a ser um acelerador do desenvolvimento.

Modelo de Malthus

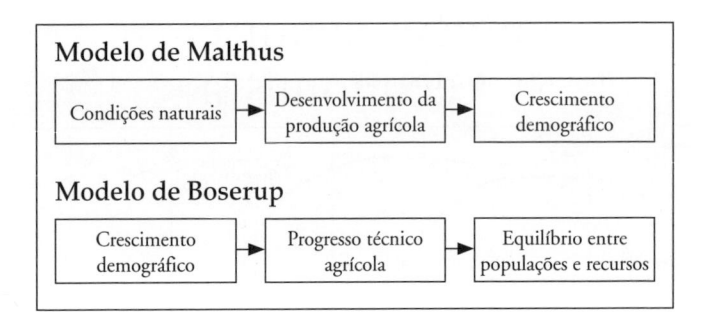

Condições naturais → Desenvolvimento da produção agrícola → Crescimento demográfico

Modelo de Boserup

Crescimento demográfico → Progresso técnico agrícola → Equilíbrio entre populações e recursos

4 Jean-Baptiste Say, empreendedor e economista

Jean-Baptiste Say nasceu em Lyon em 1767. Aderiu às idéias liberais do final do século e aos princípios de 1789. Chegou a se apresentar ao exército como voluntário em 1792. Oito anos mais tarde, tendo adquirido relativa notoriedade, sobretudo no jornalismo, foi percebido por Napoleão, então primeiro-cônsul, que lhe ofereceu um assento no Tribunato. O entendimento entre ambos não durou e Say abandonou o Tribunato. Sendo essencialmente liberal, não podia aprovar e menos ainda defender o intervencionismo econômico bonapartista. Ao deixar a política, Say se tornou empreendedor no império, dirigindo uma fiação com mais de quatrocentos operários em Pas-de-Calais. Na Restauração, voltou aos assuntos públicos. Foi-lhe confiado um estudo sobre a economia britânica. Continuou suas publicações e passou para a docência, primeiro no Conservatório de Artes e Ofícios, e depois no Collège de France, onde ocupou, em 1830, a primeira cátedra de economia política. Morreu em 1832.

Jean-Baptiste Say é considerado o principal economista clássico francês. Leitor e divulgador do pensamento de Adam Smith na França, entendia o mercado como elemento de regulação da atividade econômica. Deu origem a algumas inovações que enriqueceram o liberalismo econômico, notadamente sua tipologia das grandes funções econômicas (produção, circulação, distribuição e consumo). Destacam-se também seus estudos sobre os fatores de produção, mas ele é conhecido principalmente como autor da famosa *loi des débouches* [lei dos mercados].

Principais obras

Traité d'économie politique [*Tratado de economia política*] (1803).
Catéchisme d'économie politique [*Catecismo de economia política*] (1815).
Cours complet d'économie politique [*Curso completo de economia política*] (1828).

I Jean-Baptiste Say define o empreendedorismo

O empreendedor assegura a reunião dos fatores de produção

Três tipos de recursos se somam na realização da produção: os agentes naturais (em especial a terra), o trabalho humano e o capital. Esses recursos, chamados fatores de produção, são adquiridos pelo empreendedor a um preço determinado pelo jogo da oferta e da procura no mercado. Trata-se de associar os homens, as máquinas e as matérias-primas com o objetivo de criar os produtos necessários à satisfação dos consumidores.

> Os que dispõem de uma dessas três fontes da produção são comerciantes dessa mercadoria que chamamos de serviços produtivos; os consumidores são seus compradores. Os empreendedores industriais não são senão, por assim dizer, intermediários que solicitam os serviços produtivos necessários para tal produto em proporção à demanda que se tem para esse produto.[1]

O trabalho produtivo não se limita apenas à produção de objetos materiais. Ao contrário de Smith, que privilegiava a atividade industrial em sua investigação sobre a riqueza das nações, Jean-Baptiste Say estendeu a noção de trabalho produtivo ao conjunto das atividades de serviços. Tomando o exemplo da "atividade do médico", do funcionário ou do militar, ele mostrou que, além da esfera industrial, outros agentes econômicos participam da produção. Eles e suas respectivas áreas de competência devem ser in-

---

1. Jean-Baptiste Say, *Tratado de economia política* (1803).

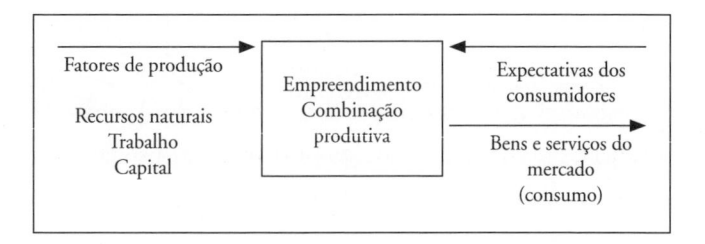

```
┌─────────────────────────────────────────────────────────┐
│  Fatores de produção ──→  ┌─────────────┐ ←── Expectativas dos  │
│                           │Empreendimento│      consumidores    │
│  Recursos naturais        │ Combinação  │                       │
│     Trabalho              │  produtiva  │ ──→ Bens e serviços do│
│     Capital               └─────────────┘       mercado          │
│                                                (consumo)         │
└─────────────────────────────────────────────────────────┘
```

cluídos no mesmo nível de utilidade social em que estão os agentes que colaboram para a criação das riquezas materiais na indústria.

O valor dos bens e dos serviços depende de seus custos de produção

O valor é constituído por todos os serviços produtivos que foram utilizados para fabricar os bens e os serviços necessários à satisfação do consumo das populações:

- os salários como serviços produtivos do trabalho;
- os lucros como serviços produtivos do capital;
- as rendas como serviços produtivos da terra.

O nível de cada um desses rendimentos é independente dos demais. É a relação entre a oferta e a demanda no mercado que determina o preço de equilíbrio, que permite ajustar as quantidades oferecidas às quantidades demandadas. Assim se realiza o equilíbrio econômico, sem intervenções extemporâneas do Estado.

II Os produtos são trocados por produtos: é a "lei dos mercados"

O desdobramento ótimo da função de produção assegura a regulação da atividade econômica

Os produtos são trocados por produtos. Sem dúvida, é a frase mais famosa de Say, que funda sua "lei dos mercados". O que ela significa?

Para ele, a produção sempre consegue escoar no mercado. Os empreendedores têm a certeza de encontrar escoamento para suas mercadorias. Com efeito, os bens são vendidos a um determinado preço, isto é, mediante certa quantia de dinheiro, para os consumidores que os compram graças aos rendimentos que obtêm com a venda de sua própria produção. Assim, um agricultor adquire um trator por meio dos rendimentos que obteve com sua colheita anterior. Dessa maneira, todo produto, uma vez terminado, oferece um escoamento a um outro produto.

> Cabe notar que um produto acabado oferece, a partir desse momento, um mercado a outros produtos no montante total de seu valor. Com efeito, quando o produtor final termina um produto, seu maior desejo é vendê-lo, para que o valor desse produto não fique parado em suas mãos. Mas ele tem a mesma pressa em se desfazer do dinheiro obtido com sua venda, para que o valor do dinheiro também não fique

parado. Ora, não é possível se desfazer de seu dinheiro a não ser procurando comprar um produto qualquer. Vê-se, assim, que o simples fato da formação de um produto abre imediatamente um mercado para outros produtos.[2]

No momento em que um produto aparece no mercado, sua fabricação já gerou anteriormente uma distribuição de rendimentos (salários, rendas, pagamentos aos fornecedores). O valor da produção é, pois, igual ao valor dos rendimentos distribuídos. Estes serão empregados na compra dos bens e serviços úteis aos agentes econômicos.

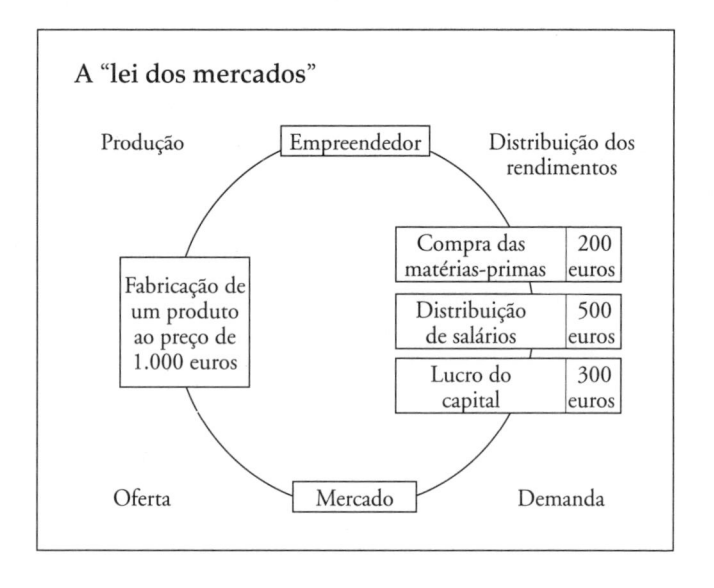

A "lei dos mercados"

Produção — Empreendedor — Distribuição dos rendimentos

Fabricação de um produto ao preço de 1.000 euros

Compra das matérias-primas	200 euros
Distribuição de salários	500 euros
Lucro do capital	300 euros

Oferta — Mercado — Demanda

---

2. Ibid:

O crescimento é auto-alimentado pela oferta de produto e a moeda é neutra nas trocas

A diminuição do ritmo dos negócios ou a redução do consumo, de fato, não se devem à insuficiência dos meios de pagamento. Certamente a compra do produto supõe o recurso à moeda, mas para Say, como para todos os clássicos, a moeda é neutra em relação à economia real. Não é na rarefação dos símbolos monetários que se deve procurar a causa da queda nas vendas, e sim num nível insuficiente de produção. Como toda produção gera uma distribuição de rendimentos necessária ao pagamento da produção, a atonia das vendas decorre de uma produção insuficiente. É a produção, e não a moeda, que determina o crescimento econômico. Nesse aspecto, Jean-Baptiste Say pode ser considerado um economista da oferta, tal como Keynes aparecerá, porém muito mais tarde, como um economista da demanda.

> Quando vocês não vendem facilmente seus produtos, vocês dizem que é porque os compradores não têm veículos para transportá-los? Pois bem, o dinheiro é apenas o veículo do valor dos produtos. Toda a sua utilidade é conduzir até vocês o valor dos produtos que o comprador tinha vendido para comprar os seus; da mesma forma, ele transportará para quem lhes vendeu alguma coisa o valor dos produtos que vocês venderam a terceiros.[3]

---

3. Ibid.

III | O Estado deve permitir a criação de infra-estruturas de comunicação e ensino

A regulação da atividade econômica é assumida pelo mercado; o papel do Estado consiste apenas em criar um ambiente favorável ao sistema produtivo. Say extrai sua inspiração diretamente do pensamento de Adam Smith. O Estado tem, em primeiro lugar, o dever de proteger os bens e as pessoas (Estado-polícia). Por outro lado, o poder público também deve participar indiretamente da eficiência do sistema econômico, facilitando o transporte das mercadorias de uma praça comercial a outra. Ele deve atender à manutenção das estradas, à utilização dos rios para fins de navegação e à gestão das instalações portuárias. O conjunto dessas atividades remete, em nosso vocabulário moderno, à noção de externalidades ou economias externas, que designam o aumento do valor de um bem sem que seu produtor tenha de arcar com a carga financeira.

> Os meios de comunicação favorecem a produção exatamente da mesma maneira que as máquinas que multiplicam os produtos de nossas manufaturas e abreviam sua produção. Eles oferecem o mesmo produto a menor custo, o que equivale precisamente a um maior número de produtos obtidos com menos custos.[4]

---

4. Ibid.

Enfim, o desenvolvimento do ensino e da cultura permite a difusão do progresso científico e técnico entre os empreendedores e assim enriquece a elaboração de novas combinações produtivas, geradoras de valores acrescidos.

Prolongamentos e críticas

A "lei dos mercados" é atualizada pelos economistas da oferta

A economia ou "econômica" da oferta (*supply side economics*) é uma escola de pensamento nascida nos EUA, nos anos 1970, em reação a uma excessiva intervenção do Estado na sociedade civil. Os principais representantes dessa escola são George Gilder e Arthur Laffer. Suas reflexões constituem uma ruptura diante do keynesianismo dominante e um retorno à lei de Say. Trata-se de recompor a oferta de fatores de produção e a oferta de produtos para reduzir a recessão. Para tal finalidade, o Estado deve diminuir suas intervenções com a dupla redução da carga tributária e das despesas públicas, sobretudo de caráter social. Trata-se de desregulamentar a fim de restaurar as liberdades econômicas e a regulação da atividade pelo mercado. Arthur Laffer criou uma famosa curva, com a qual estigmatiza os efeitos perversos de uma excessiva pressão fiscal (cf. p. 31). Gilder, em *Wealth and poverty* [Riqueza e pobreza] (1980), e com uma filiação malthusiana mais clara, critica o Estado assistencialista: o seguro-desemprego geraria desemprego. As lógicas da assistência aos mais desfavorecidos aumentariam a pobreza, que seria de alguma maneira criada pelas políticas sociais. A econômica da oferta ganhou celebridade por sua influência na política do presidente norte-americano Ronald Reagan, de 1981 a 1989.

Antes de Keynes, Malthus já havia apontado os limites da lei dos mercados

Em seus *Princípios de economia política* de 1820, Malthus insistiu no papel da demanda efetiva, ao contrário de Say, que privilegiava o papel da oferta na regulação da atividade econômica. Esta é definida como a vontade de consumir, a um certo preço, determinadas mercadorias. A lógica da lei dos mercados pode ser contrariada por diversos efeitos:

- as flutuações da atividade econômica podem resultar em crises de superprodução. Uma baixa no preço das mercadorias decidida pelos vendedores – os estoques não têm vazão – gera uma baixa nos rendimentos dos agentes econômicos, que então não podem pagar a produção;
- a produção realizada pelos empreendedores pode não atender às expectativas dos consumidores. Nesse caso, os produtos que não têm aceitação entre os compradores não são vendidos. Assim, os produtos não podem ser trocados por outros produtos;

- um aumento excessivo da poupança pode impedir a regulação da atividade econômica e romper o círculo virtuoso descrito por Jean-Baptiste Say. Malthus ressalta os efeitos gerados por um excesso de poupança da classe capitalista. A poupança, considerada como uma fuga do circuito econômico, retira uma moeda que, se fosse destinada a despesas, poderia contribuir para o enriquecimento de todos. Um raciocínio semelhante também aparece nos *Princípios*, de 1820, em relação a um excesso de investimento. Uma produção excessiva de bens de capital pode criar condições de reprodução dos bens e serviços sem relação com as possibilidades de consumo dos agentes econômicos. Então, tem-se o fenômeno do sobreinvestimento, no pólo oposto da lógica da "lei dos mercados".

Karl Marx, economista militante 5

Karl Marx nasceu em Trier, Alemanha, em 1818. Estudou direito e filosofia em Bonn, depois em Berlim, e obteve o doutorado em 1841. Não conseguindo ingressar no ensino universitário, voltou-se para o jornalismo e colaborou em várias revistas, como *Rheinische Zeitung* [Gazeta Renana] e *Deutsch-Französischen Jahrbücher* [Anais Franco-Alemães]. Suas posições políticas (em artigos e livros) lhe valeram várias expulsões, que o levaram a percorrer a Europa. Tendo feito amizade com Friedrich Engels, Marx entrou na política com a criação de comitês operários que se fundiram com a Liga dos Justos, movimento revolucionário britânico. Ele se afirmou como um dos principais dirigentes da Associação Internacional dos Trabalhadores, fundada em 1864. Morreu em Londres, em 1883.

Como o próprio Marx explicou, sua obra teve uma tripla origem: a filosofia de Friedrich Hegel, a economia política inglesa encarnada em David Ricardo e o socialismo francês. Tomando de empréstimo a Hegel o método dialético, Marx deu origem a uma filosofia da história de caráter universalista que inspirou a constituição de Estados ditos socialistas. Leitor crítico dos clássicos ingleses, ele apontou as disfunções intrínsecas à economia capitalista, revelando a oposição de interesses entre a burguesia e o proletariado. A obra de Marx constitui uma importante contribuição para o estudo da transformação social, por introduzir a dinâmica das classes sociais no processo histórico.

Principais obras

Ökonomisch-philosophische Manuskripte [*Manuscritos econômico-filosóficos*] (1844).

Die deutsche Ideologie [*A ideologia alemã*] (1846).

Das Elend der Philosophie [*A miséria da filosofia*] (1847).

Manifest der Kommunistischen Partei [*Manifesto do Partido Comunista*] (1848).

Der achtzehnte Brumaire des Louis Bonaparte [*O Dezoito Brumário de Luís Bonaparte*] (1852).

Zur Kritik der politischen Ökonomie [*Contribuição à crítica da economia política*] (1859).

Der Bürgerkrieg in Frankreich [*A guerra civil na França*] (1871).

Das Kapital [*O capital*] (1867–1894).

I | O marxismo é, em primeiro lugar, uma crítica da economia política clássica

Marx contesta a visão otimista da divisão do trabalho de Adam Smith

Marx refuta a analogia smithiana entre a divisão do trabalho na sociedade e a divisão do trabalho na manufatura, como Smith havia apresentado no famoso exemplo da fabricação de alfinetes: de um lado, trabalhadores independentes que fabricam mercadorias que, a seguir, vendem no mercado; de outro, trabalhadores que não produzem mercadorias, mas que executam um trabalho coletivo que só se torna uma mercadoria para o empreendedor capitalista. Assim, Marx separa a divisão social do trabalho e a divisão manufatureira ou técnica do trabalho, criação específica do modo de produção capitalista. A divisão social do trabalho apresenta agentes produtivos independentes submetidos à anarquia do mercado. A divisão manufatureira, imposta aos trabalhadores segmentados, certamente desenvolve a força coletiva do trabalho, mas contribui para a dominação do capital sobre o trabalho, pois a concorrência entre os produtores supõe que cada um deles rivalize com todos os demais na questão do preço. Essa coerção se traduz numa melhor utilização dos recursos produtivos: mais máquinas e divisão ainda maior do trabalho para aumentar a produtividade. Assiste-se então a um grande aumento das capacidades de produção.

Para que um capitalista possa derrotar um outro e se apoderar de seu capital, é preciso vender mais barato do que ele. Para poder vender mais barato sem se arruinar, é preciso produzir mais barato, isto é, aumentar ao máximo a produtividade do trabalho. Ora, a produtividade do trabalho está relacionada, acima de tudo, com uma divisão mais acentuada do trabalho, com a generalização e o aperfeiçoamento constante do maquinário. À medida que cresce o exército de trabalhadores entre os quais é repartido o trabalho, e o maquinário adquire proporções gigantescas, os custos de produção diminuem proporcionalmente e o trabalho se torna mais rentável.[1]

Mas a divisão do trabalho resulta em inúmeros efeitos perversos sobre a população operária. Ocorre uma separação entre o agente produtivo e o produto de seu trabalho, uma sujeição do homem à máquina e aos ritmos impostos pelos proprietários dos meios de produção. Privado de seu ofício, o operário se torna uma engrenagem da indústria. O trabalho já não permite a integração do indivíduo ao corpo social.

A introdução das máquinas e a divisão do trabalho, despojando o trabalho do operário de seu caráter individual, retiram-lhe qualquer atrativo. O produtor se torna um

---

1. Karl Marx, *Trabalho assalariado e capital* (1848).

simples apêndice da máquina, e exige-se dele apenas a operação mais simples, mais monótona, mais rápida de aprender. Massas de operários [...] não são somente escravos da classe burguesa, do governo burguês, mas também, a cada dia, a cada hora, escravos da máquina, do contramestre e sobretudo do patrão da fábrica.[2]

Marx substitui a explicação malthusiana por uma lei demográfica própria do sistema capitalista

Marx critica em Malthus o excesso de abstração em sua análise das relações entre a evolução da população e o aumento dos recursos alimentares. A crítica marxista se funda num duplo ponto de vista. Em primeiro lugar, parece difícil raciocinar sobre essa dupla evolução fora de um quadro historicamente determinado. Além disso, é preciso levar em consideração as condições econômicas e sociais que determinam o nível nacional de produção dos meios de subsistência.

> Com efeito, cada modo histórico da produção social tem também sua própria lei populacional, lei que se aplica somente a ele, que desaparece com ele e, portanto, tem um valor apenas histórico. Uma lei populacional abstrata e imutável só existe para as plantas ou os animais, e mesmo assim somente enquanto não sofrem a influência do homem.

---

2. Id., *O capital* (1867).

Marx, por sua vez, prefere empregar a noção de *superpopulação relativa*, que não está ligada a um aumento absoluto da população operária, e sim a um ordenamento específico do processo de produção capitalista. Com efeito, um aumento acelerado do capital substitui a mão-de-obra e assim condena uma parte da classe operária a uma ociosidade forçada. Em função da acumulação do capital, inerente à exploração capitalista, a classe operária se divide em dois setores: o exército ativo (os que trabalham) e o exército industrial de reserva (os desempregados).

Se Malthus rejeita a superpopulação operária, Marx a considera necessária à lógica da exploração capitalista, pois ela aumenta a concorrência entre os trabalhadores e assim determina uma baixa dos salários, favorável ao aumento dos lucros. Além disso, a coerção moral malthusiana, fundada na abstinência dos pobres, parece bastante irrealista para Marx; a satisfação do instinto sexual permite compensar as frustrações de toda ordem ligadas à situação econômica e social das populações desfavorecidas.

Retomando a teoria do valor-trabalho de Ricardo, Marx mostra a exploração dos trabalhadores pela extração da mais-valia

Os empresários compram a força de trabalho por seu "valor de uso" (fundado na utilidade do trabalho na produção). Eles remuneram os trabalhadores com o salário calculado em função do "valor de troca" do trabalho, isto é, pelo nível de rendimento necessário para a reprodução da força de trabalho (compra de alimentos, moradia, vestuário). A diferença entre o valor criado pela força de trabalho na forma de produtos vendáveis e a compra dessa mesma força de trabalho por seu valor de troca gera um trabalho excedente não remunerado pelo empresário capitalista, a que Marx dá o nome de mais-valia.

> O homem do dinheiro pagou a capacidade diária da força de trabalho; seu uso durante o dia, o trabalho de uma jornada inteira, portanto, pertence a ele. Que o sustento diário custe apenas meia jornada de trabalho, embora possa operar ou trabalhar a jornada inteira, isto é, que o valor criado por seu uso durante um dia seja o dobro de seu próprio valor diário é uma oportunidade muito feliz para o comprador.[3]

A mais-valia também é determinada pelo processo de produção que usa o capital e o trabalho. O capital, como relação de produção, se divide em capital constante e capital variável. O capital constante é a parte do capital que permite ao empresário adquirir os meios de produção (máquinas, ferramentas). Essa forma do capital é "constante" na medida

---

3. Ibid.

em que não gera uma criação de valor superior a seu preço de aquisição. Por outro lado, o capital variável, destinado a remunerar os trabalhadores sob a forma de salários, gera mais valor do que o necessário para sua reprodução. Assim pode-se calcular a *taxa de lucro* (emanação monetária da mais-valia):

$$\text{Taxa de lucro} = \frac{\text{Mais-valia}}{\text{Capital constante + capital variável}}$$

II | Marx desenvolve um grande modelo teórico para explicar a evolução histórica e a transformação social

O conceito de modo de produção está no centro da análise marxista. É como Marx designa a maneira com que os homens reproduzem suas condições de existência, ou seja, a produção dos bens necessários à sobrevivência dos grupos humanos. Sucederam-se três modos de produção: o modo de produção escravagista (sociedades antigas), o modo de produção feudal (sociedades medievais) e por fim o modo de produção capitalista (sociedades industriais), caracterizado pelo surgimento da indústria e pelo regime assalariado.

Cada modo de produção se baseia num conjunto de elementos em interação, postos em dois níveis: a infra-estrutura econômica e as superestruturas políticas e ideológicas.

A *infra-estrutura* representa a base econômica que reúne as forças produtivas, como as matérias-primas, o capital técnico e o uso do trabalho humano. Mas os diversos componentes das forças produtivas estão ligados por interações que geram o que Marx chama de relações de produção. Estas colocam em oposição os proprietários dos instrumentos de produção (o capital) e os que vendem sua força de trabalho: os operários vítimas da extorsão da mais-valia.

> Na produção social de sua existência, os homens entram em relações determinadas, necessárias, independentes de sua vontade, relações de produção que correspondem a um determinado grau de desenvolvimento de suas forças produtivas materiais. O conjunto dessas relações de produção constitui a estrutura econômica da sociedade, a base concreta sobre a qual se ergue uma superestrutura jurídica e política e à qual correspondem formas determinadas de consciência social.[4]

O conjunto histórico
Classe dominante
Superestruturas
Estado e ideologia
Infra-estruturas
Relações de produção
Forças produtivas

---

4. Karl Marx, *Contribuição à crítica da economia política* (1859).

As *superestruturas políticas e ideológicas* reproduzem as relações de produção. Contrapondo-se à filosofia do "contrato social", Marx constata que o Estado não é neutro em relação à base material da sociedade. O Estado não é um árbitro, e sim um conjunto de instrumentos coercitivos nas mãos de uma classe que procura perpetuar sua dominação sobre outras classes. A ideologia concebida como sistema de representações, como concepções de mundo, também não é independente das relações de produção. Geralmente constitui a ideologia da classe dominante, um conjunto de valores e idéias destinado a iludir as consciências e a permitir a reprodução das relações de exploração.

A infra-estrutura determina as superestruturas. É a base material da sociedade que está na origem das formas políticas e do conteúdo ideológico. Assim, o marxismo parece impor um determinismo histórico. Aqui cabem matizes nessa visão "pedagógica" de Marx, que julgou adequado insistir na importância da economia, mas sempre ressaltando a relativa autonomia das superestruturas e sua ação de retorno sobre a base econômica das sociedades.

III | A luta de classes é o motor da história

As classes sociais se definem pela propriedade dos meios de produção; assim, sua existência é inseparável da luta de classes, motor da história. Marx não descobriu as classes sociais, nem a luta de classes. O uso dessa noção é relativamente freqüente desde o final do século XVIII. Todavia, ele é o primeiro a mostrar o papel das classes sociais na evolução histórica. A teoria marxista das classes sociais apresenta três critérios para defini-las.

> A história de todas as sociedades até nossos dias não é senão a história da luta de classes. Homem livre e escravo, patrício e plebeu, barão e servo, mestre e oficial, em suma, opressores e oprimidos, em constante oposição, empreenderam uma guerra ininterrupta, ora aberta, ora dissimulada, guerra que sempre terminava numa transformação revolucionária de toda a sociedade ou na destruição das duas classes em luta.[5]

O lugar que elas ocupam no modo de produção

Trata-se essencialmente da relação com a propriedade dos meios de produção, isto é, a propriedade do capital. No modo de produção capitalista, a classe burguesa, proprietária dos meios de produção, se opõe ao proletariado, detentor apenas de sua força de trabalho. Suas posições criam relações de produção que se caracterizam pela exploração do trabalho pelo capital.

---

5. Karl Marx & Friedrich Engels, *Manifesto do Partido Comunista* (1848).

Essa segmentação bipolar da sociedade, como se apresenta no *Manifesto* de 1848, pode ser complementada por análises mais históricas, avaliando melhor a diversidade das situações de classe. É o caso das *Lutas de classes na França* (1849) ou do *Dezoito Brumário de Luís Bonaparte* (1852), em que Marx define várias classes (burguesia, pequena burguesia, proletariado, campesinato rendeiro), bem como frações de classes (burguesia financeira e burguesia industrial). Mas, em todos os casos em questão, as classes e setores de classes se mantêm vinculados à sua relação com a propriedade dos meios de produção.

A luta de classes

Para Marx, todas as formas de conflitos, qualquer que seja seu conteúdo – político, filosófico ou religioso –, são apenas expressão da luta de classes. Assim, ele mostra o papel revolucionário da burguesia em sua tentativa de eliminar os obstáculos que impediam o desenvolvimento do capitalismo (regime feudal, corporações, sociedades de ordens). Sobre as ruínas do modo de produção feudal, a classe burguesa instaurou a livre concorrência e a igualdade jurídica. Essa subversão dos quadros sociais e políticos permitiu um desenvolvimento sem precedentes das forças produtivas.

A consciência de classe

A consciência de classe se traduz no reconhecimento e na defesa dos interesses específicos de uma classe do ponto de vista econômico, político e social. Para Marx, a consciência de classe do proletariado ultrapassa as prerrogativas de seus membros, na medida em que a classe operária, agente da história, deve permitir o surgimento da sociedade socialista através de um processo revolucionário.

> No que me concerne, não fui eu que descobri a existência das classes sociais na sociedade moderna ou a luta entre elas. Muito antes de mim, os historiadores burgueses descreveram o desenvolvimento histórico dessa luta de classes, e os economistas burgueses, a anatomia econômica das classes. O que fiz de novo foi apenas provar: 1) que a existência das classes está ligada a determinadas fases históricas do desenvolvimento da produção; 2) que a luta de classes leva necessariamente à ditadura do proletariado; 3) que essa ditadura representa apenas uma transição para a abolição de todas as classes e rumo a uma sociedade sem classes.[6]

Marx, em função da maturidade do movimento operário, distingue uma progressão na tomada de consciência dos interesses de classe, que leva da "classe em si" para a "classe para si". A dominação do capital cria uma situação comum, interesses comuns entre os operários. As populações trabalhadoras, então, constituem uma classe "em si"

---

6. Karl Marx, carta a Widemeyer, 1852.

diante dos detentores do capital, a qual, porém, não age e luta necessariamente para si. Com a coalizão, isto é, a reunião dos trabalhadores decididos a defender seus interesses perante os proprietários dos meios de produção, se constitui uma classe "para si", que então irá reivindicar posições de classe, isto é, posições políticas.

> As condições econômicas primeiramente transformaram a massa do país em trabalhadores. A dominação do capital criou para essa massa uma situação comum, interesses comuns. Assim, essa massa já é uma classe em relação ao capital, mas ainda não para si mesma. Na luta da qual mostramos apenas algumas fases, essa massa se reúne, se constitui em classe para si mesma. Os interesses que ela defende se tornam interesses de classe.[7]

Por meio da revolução proletária, a classe operária abre caminho para o socialismo e, depois, para o comunismo. Marx, em suas obras históricas, ressaltou o papel revolucionário da burguesia, que conseguiu impor o modo de produção capitalista sobre as ruínas do feudalismo. A classe operária, nova agente da história, deve transformar a ordem das coisas e assegurar a instauração do socialismo. Este se divide em duas fases distintas:

---

7. Id., *A miséria da filosofia* (1847).

O *socialismo inferior* ou *ditadura do proletariado* se baseia na coletivização dos meios de produção, necessária para o fim da exploração do homem pelo homem. Após conquistar o poder de Estado, o proletariado volta o aparato de Estado contra a antiga classe dominante, isto é, a burguesia. Esse primeiro período é apenas transitório.

> Entre a sociedade capitalista e a sociedade comunista situa-se o período de transformação revolucionária de uma em outra. A isso corresponde um período de transição política, em que o Estado não pode ser outra coisa a não ser a ditadura revolucionária do proletariado.

O *socialismo superior* ou *comunismo* se caracteriza pela extinção do Estado, na medida em que este, instrumento a serviço da classe dominante, não tem mais razão de ser, devido ao desaparecimento das classes sociais. A economia atinge a era da abundância, quando cada um consumirá em função não de seu trabalho, mas de suas necessidades.

Prolongamentos e críticas

O conceito de classe social, no sentido marxista, ainda é um instrumento adequado para a análise sociológica? A evolução dos países capitalistas e a história social da Rússia soviética permitem algumas dúvidas.

A concepção marxista das classes sociais parece limitada para a análise dos antagonismos sociais das sociedades modernas

A definição das classes sociais pelo lugar que ocupam no modo de produção parece singularmente limitada para explicar a complexidade das relações sociais nas sociedades contemporâneas. Marx elabora as bases de uma filosofia da história em que a classe operária, agente e protagonista do processo histórico, deve permitir a transformação da sociedade capitalista. Esse conjunto de proposições parece contradizer o próprio método do autor de *O capital*.

A análise marxista das classes sociais se funda em relações sociais historicamente determinadas, que caracterizaram o nascimento do capitalismo industrial na Europa oitocentista. A partir da observação e conceitualização dos conflitos de classe nos meados do século XIX, Marx extrai um vasto conjunto teórico de caráter universalista, em que as contradições ligadas à propriedade privada dos meios de produção geram uma luta de classes que deve levar ao surgimento de uma sociedade de transparência ideal: o comunismo. É fácil opor Marx a Marx, a ideologia ao procedimento científico. Não é possível, a partir da observação de uma situação historicamente determinada, propor conclusões com valor de interpretação universal. Pode-se dirigir a Marx as mesmas críticas que ele fazia a Malthus e seu princípio da população.

A propriedade ou não-propriedade dos meios de produção, fundamento da definição marxista das classes sociais, é apenas um caso particular entre as oposições e conflitos que animam os grupos sociais. Como frisa, entre outros, o sociólogo alemão contemporâneo Ralph Dahrendorf, uma teoria de classe baseada na divisão da sociedade entre detentores e não-detentores dos meios de produção perde seu alcance analítico quando há uma separação entre a propriedade jurídica e o poder de controle. Nas sociedades desenvolvidas, o poder de decisão é exercido fora do campo da propriedade efetiva dos meios de produção. Os tomadores de decisão das grandes empresas, do setor público ou do Estado são, em sua maioria, assalariados formados em grandes escolas (França) ou universidades de prestígio (Estados Unidos). Assim, são as relações de autoridade – mais do que as relações de propriedade – que fundam relações sociais antagônicas. Os agentes sociais estão distribuídos numa escala hierárquica em função do nível de autoridade de que dispõem. A essas posições correspondem vantagens materiais ou simbólicas, privilégios ou desvantagens.

> Efetivamente, uma das características da autoridade é que ela pode se tornar um instrumento que serve à satisfação de outros desejos e outras necessidades, e à obtenção de vantagens sociais diretamente gratificantes. Assim, na maioria das sociedades, existe certa correlação entre a re-

partição da autoridade e o sistema de vantagens sociais que subjaz à estratificação.

Todavia, pode-se mostrar, como fez o sociólogo alemão Max Weber (1864–1920), que as distinções sociais fundadas na propriedade dos bens de produção constituem um dos elementos que definem diferenças de posição dentro da hierarquia social.

A história da Rússia coletivista tende a mostrar os limites do raciocínio marxista

A abolição da propriedade privada, após a revolução de 1917, não permitiu a instauração de uma sociedade igualitária. Mascarados pela ideologia, ressurgiram vários sinais de diferenciação social. A partir dos anos 1920, o poder político e econômico escapa às prerrogativas populares e é confiscado por uma camada que viria a se tornar uma burocracia de Estado. Também cumpre fazer uma distinção entre "propriedade nominal" e "propriedade real" dos meios de produção. Se o povo foi o detentor nominal da propriedade coletivista entre 1917 e 1991, por outro lado a burocracia (membros do Partido Comunista, altos funcionários, oficiais do exército etc.) dividia as vantagens e outros privilégios vinculados à propriedade real dos instrumentos da produção socialista.

Léon Walras, teórico do equilíbrio econômico 6

Marie-Esprit Léon Walras nasceu em 1834, em Évreux, no departamento de Eure. Sua vocação de economista derivou de seu pai, Antoine-Auguste Walras, da Escola Normal, professor de filosofia com vivo interesse em economia. Após o curso secundário, Walras foi admitido na Escola de Minas em 1854, mas logo abandonou o curso para aprofundar seus conhecimentos de literatura, filosofia e, claro, economia. A seguir dedicou-se ao jornalismo e, sem êxito, à literatura. Depois de uma primeira publicação em 1859, opondo-se a Proudhon, tentou obter um cargo no magistério francês, que lhe foi recusado. Apenas em 1870, aos 36 anos, prestou concurso e se tornou titular da cátedra de economia da Academia de Lausanne (Suíça). Aposentou-se em 1892 e se dedicou a seus escritos. Morreu na Suíça em 1910.

Léon Walras pertence à corrente designada neoclássica, que fundou com o britânico Stanley Jevons, da Escola de Cambridge, e Carl Menger, da Escola de Viena. A contribuição walrasiana ao pensamento econômico é considerável. Seu programa não é propriamente descrever a realidade, como fizeram seus predecessores, e sim fazer uma modelagem matemática da economia para demonstrar seus mecanismos. Sua outra iniciativa teórica é partir não da produção, mas da troca, que lhe parece a ação principal dentro do sistema econômico. Ele renova a teoria do valor fundado na utilidade e, mais particularmente, na utilidade marginal, isto é, a utilidade da última porção do bem consumido. A ele deve-se também o modelo de mercado de concorrência pura e perfeita, bem como as leis de oferta e demanda já estudadas por outro francês, Augustin Cournot. Mas a contribuição de Walras ao pensamento econômico se deve à sua teoria do equilíbrio geral. Pertencente à corrente liberal, Walras, porém, invoca a intervenção do Estado. Ele justifica, em certos casos, a existência de monopólios naturais, sobretudo no transporte ferroviário, e defende a nacionalização das terras. É favorável também a uma regulação estatal da criação monetária.

Principais obras

L'économie politique et la justice [*Economia política e justiça*] (1860).

Élements d'économie politique pure [*Elementos de economia política pura*] (1874–1877).

Élements d'économie sociale [*Elementos de economia social*] (1896).
Études d'économie appliquée [*Estudos de economia aplicada*] (1898).

I | Walras reformula a teoria do valor

Walras abandona a visão clássica do valor-trabalho em favor do valor-utilidade

O ponto de ruptura entre os "clássicos" e os "neoclássicos" se encontra na questão da determinação do valor dos bens. Os clássicos – Smith, Ricardo e Marx (que pode ser visto como o último clássico) – consideram que o valor de um bem está ligado ao trabalho necessário à sua produção, isto é, na linguagem moderna, aos custos de produção. Os neoclássicos, como Walras, associam o valor à utilidade do bem junto ao consumidor. Assim se passa do valor-trabalho para o valor-utilidade.

> Digo que as coisas são úteis quando podem responder a uma necessidade qualquer e permitir sua satisfação. Assim, não é preciso tratar aqui de nuances usadas na linguagem corrente para classificar o útil e o agradável dentro do necessário e o supérfluo: tudo isso, para nós, é apenas mais ou menos útil. [...] Que uma substância seja procurada por um médico para curar uma doença, ou por um

assassino para envenenar sua família, é uma questão muito importante de outros pontos de vista, mas para o nosso é totalmente indiferente.

Como se passou do valor-trabalho ao valor fundado na utilidade? De uma economia política articulada na função de produção a uma economia política da troca? Pode-se arriscar a seguinte hipótese, a saber, que a produção da teoria econômica é, para retomar a hipótese de Marx, historicamente determinada. O pensamento econômico se constituiu progressivamente em relação com sociedades de tipo pré-industrial, marcadas pela escassez de bens de consumo indispensáveis à sobrevivência das populações, sobretudo os produtos agrícolas. Na medida em que a industrialização gerou seus efeitos benéficos em termos do rendimento médio e de uma maior variedade de produtos no mercado, o interesse dos economistas teria passado da análise da produção para a análise da troca. Walras publicou seus *Elementos de economia política pura* quase um século depois de *A riqueza das nações* de Smith. Nesse intervalo, o ambiente econômico das nações européias evoluiu significativamente e a troca no mercado se mostrou mais favorável para a definição do valor do que a simples produção do bem pelo acréscimo do trabalho e do capital. A partir do momento em que é possível discorrer, como fez Walras, sobre os matizes que diferenciam o útil e o agradável, o necessário e o supérfluo, é razoável pensar que, de modo geral, estão atendidas as necessidades essenciais dos indivíduos.

O valor de um bem decorre não da utilidade total do bem, e sim da utilidade marginal

O conceito de utilidade marginal foi desenvolvido na mesma época e ao mesmo tempo por Léon Walras, Stanley Jevons e Carl Menger, que nunca haviam se encontrado e não estavam mutuamente a par de seus trabalhos. A fonte do valor reside não na utilidade total de um bem, mas em sua utilidade marginal, isto é, a utilidade da última unidade num mundo necessariamente sujeito à escassez. O valor dos bens não é determinado pela quantidade total dos produtos que podem ser adquiridos, e sim pelo custo necessário para a produção da última unidade. O conceito de utilidade marginal se situa no cruzamento entre a utilidade e a escassez dos bens econômicos. É assim que os neoclássicos resolvem o paradoxo smithiano do valor da água em relação ao diamante. A água é barata porque sua utilidade marginal é muito pequena, devido à abundância de sua produção. Em contrapartida, o diamante é raro e, portanto, sua utilidade marginal é grande. Não se trata mais de definir o valor dos bens por sua utilidade global, e sim pela probabilidade característica de um agente econômico de obter a última unidade do bem em questão.

Falar simplesmente no valor de uso da água não tem sentido; como acabamos de ver, não basta acrescentar que esse valor de uso é relativo a um certo indivíduo, e é diferente conforme ele esteja morrendo de sede ou já tenha bebido o quanto queria. Para sermos mais exatos, deve-se falar do valor de uso de uma certa quantidade de água que vem se acrescentar a uma determinada quantidade já consumida.

A utilidade marginal é decrescente

A satisfação do uso de um bem diminui à medida que ele é consumido: tal é a lei da utilidade marginal decrescente. A satisfação sentida no consumo de produto alimentar diminui de intensidade, e a lei da utilidade marginal decrescente explica por que as curvas de demanda têm um lado negativo. O consumidor racional compara a utilidade marginal do produto em termos de satisfação e a desutilidade do preço, isto é, o que lhe custa a última unidade de consumo do produto.

II | O mercado concorrencial assegura a regulação do sistema econômico

Walras apresenta três tipos de mercado

Uma economia moderna é composta de três grandes tipos de mercado, que são definidos pela natureza do produto trocado pelos agentes econômicos.

O *mercado de bens e serviços* satisfaz o consumo final dos lares. Na maioria dos casos, os consumidores se dirigem aos distribuidores (comércio varejista, grandes lojas de departamento, hipermercados).

O *mercado de trabalho* permite o encontro entre a oferta de trabalho (homens e mulheres em busca de emprego) e a demanda de trabalho (a das empresas). O trabalho humano é considerado uma mercadoria.

O *mercado do capital* (mercado monetário e mercado financeiro) estabelece relação entre a oferta e a demanda de capitais a curto prazo (mercado monetário), e de capitais a longo prazo (mercado financeiro). Neste último, as transações se fazem com valores mobiliários (ações, obrigações) ou cartas de créditos públicas ou privadas. Um dos setores do mercado financeiro é muito conhecido pelo poupador, pois se trata da Bolsa de Valores.

O mercado de concorrência pura e perfeita se funda em cinco características

Léon Walras criou o modelo de concorrência pura e perfeita (CPP), articulado em cinco hipóteses. As três primeiras definem a concorrência pura. A reunião das cinco condições resulta na concorrência pura e perfeita.

A atomicidade da oferta e da demanda. A noção de atomicidade foi tomada de empréstimo à física. Como o átomo era até então o menor elemento conhecido de um conjunto físico, considerava-se que era indivisível. O emprego da noção de atomicidade na economia designa uma grande população de indivíduos, todos iguais, e com as mesmas qualidades. No mercado dito atomista, aparece uma multidão de vendedores e de consumidores. A grande quantidade de participantes no mercado, bem como a intercambialidade dos vendedores e consumidores (todos iguais), impede que qualquer participante consiga influenciar, de alguma maneira, no nível geral das transações. Nenhum vendedor, nenhum consumidor consegue, com sua atividade individual, modificar a demanda e a oferta global, e portanto os preços. Em regime de concorrência pura e perfeita, as empresas são *price takers* e não *price makers*, o que significa que os preços de mercado se impõem a elas e não podem ser elas a criá-los.

A homogeneidade dos produtos. Essa condição leva em conta a natureza dos produtos trocados no mercado de concorrência pura e perfeita. Existe homogeneidade quando dois (ou mais) produtos apresentam características idênticas, de modo que é impossível diferenciá-los. Num mercado caracterizado pela homogeneidade, os produtos são substituíveis entre si. Pode-se tomar o exemplo de um quilo de farinha. Um consumidor escolherá indiferentemente entre a farinha oferecida por um primeiro vendedor e a farinha apresentada por um segundo vendedor. Essa exigência de homogeneidade dos produtos é muito estrita, pois supõe a ausência de marca ou embalagem e a existência de produtos com qualidades totalmente iguais.

O livre ingresso na indústria. Essa característica se funda na idéia de que não existem entraves capazes de impedir o ingresso de um novo concorrente num ramo da economia fabricando um determinado produto. Uma nova empresa sempre pode ingressar num conjunto de empresas mais antigas. Obstáculos regulamentares, como a obtenção de autorizações oficiais, barreiras econômicas, como o volume de capital técnico indispensável para a realização de um determinado produto, não constam do modelo de concorrência pura e perfeita. O mercado de um produto se mantém sempre aberto.

A transparência do mercado. A característica de transparência supõe que os diversos participantes do mercado, tanto os vendedores quanto os compradores, dispõem do conjunto de informações necessárias para suas transações. Todos estão plenamente a par das quantidades oferecidas e procuradas, e dos preços das transações. Léon Walras toma o exemplo da Bolsa de Valores: cada ator do sistema financeiro, seja comprador ou vendedor de ações, sabe a cada momento o preço das cotações.

A fluidez do mercado ou mobilidade dos fatores de produção. A noção de fluidez e seu contrário (a viscosidade) são igualmente tomadas de empréstimo à física. A idéia de fluidez evoca a liberdade e a circulação. Aplicada ao mercado, a fluidez também é sinônimo de liberdade e circulação. Neste caso, trata-se da liberdade de entrada e saída dos fatores de produção em relação a determinada atividade econômica. Assim, o detentor de um capital financeiro pode deslocar seu ativo de um local a outro, mais vantajoso. Se uma atividade econômica enfrenta algumas dificuldades, os empresários do ramo em questão podem ingressar em outros segmentos da atividade econômica. Os trabalhadores também são considerados móveis, pois podem se transferir de uma atividade profissional para outra.

O modelo de concorrência pura e perfeita apresenta dois interesses principais. A concorrência pura e perfeita não existe, e é apenas uma ferramenta, mas muito útil do ponto de vista da análise econômica. Ela permite, em primeiro lugar, explicar a concorrência imperfeita, isto é, todas as situações de mercado que se afastam de pelo menos uma das condições acima citadas. O monopólio (um único vendedor) e o oligopólio (alguns vendedores), para mencionar apenas dois exemplos, são mercados imperfeitos, onde os vendedores podem orientar os preços para uma alta a seu favor e em detrimento dos consumidores.

III | Uma situação de equilíbrio em cada mercado permite a realização do equilíbrio geral

O sistema dos preços permite equilibrar as quantidades de oferta e as quantidades de demanda

Em cada mercado, os agentes econômicos geram uma oferta e uma demanda individual. Assim, no mercado de bens e serviços, uma empresa oferece seu produto a título individual. O consumidor, por sua vez, tem demanda de um produto particular. Se se agrega a totalidade dessas ofertas e demandas individuais a cada produto em cada mercado, chega-se a uma oferta e a uma demanda global, isto é, *uma oferta e uma demanda de mercado*. O encontro entre a oferta e a demanda para cada produto permite a definição de um preço. Este é flexível, pois se baseia nas intenções de compra dos consumidores e nas estratégias de produção das empresas em relação ao nível dos preços. Com efeito, a oferta é uma função crescente do preço e a demanda é uma função decrescente do preço. Cada consumidor dispõe de um orçamento limitado e deve sempre decidir entre os diversos produtos presentes no mercado, e sobretudo seus preços relativos. Cada produtor decide produzir tal ou tal mercadoria em função do preço fixado no mercado. Assim se fala de um *preço de equilíbrio* entre a oferta e a demanda, que se define por tentativas, como se um leiloeiro, para retomar a imagem de Walras, conseguisse determinar o "preço justo" de cada mercadoria.

> Os mercados mais bem organizados sob o aspecto da concorrência são aqueles em que as vendas e as compras são feitas em leilão, por intermédio de agentes como agentes de câmbio, corretores mercantis, leiloeiros, que as centralizam de modo que nenhuma troca ocorre sem que as

> **Curva de oferta e demanda e preço de equilíbrio**
>
> *Preço* ↑
>
> Pe -------- •
>   E
>   Qe
>   → *Quantidade*

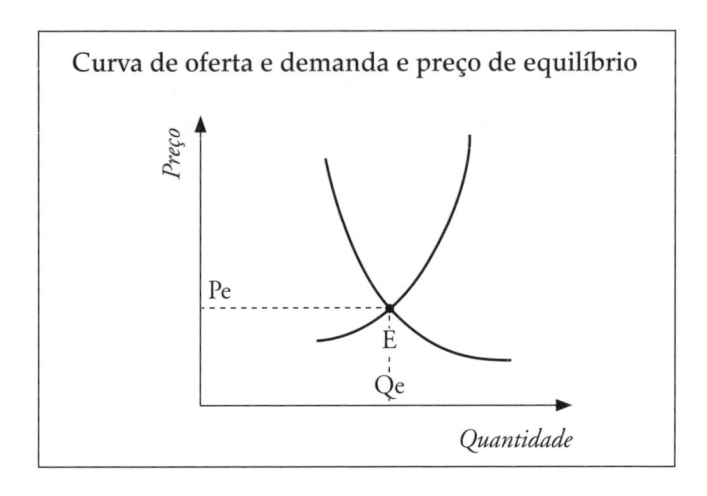

condições sejam anunciadas e dadas ao conhecimento de todos, e sem que os vendedores possam dar abatimento e os compradores possam aumentar os lances. Assim funcionam os pregões públicos, as bolsas do comércio, os mercados de cereais, de peixe etc.[1]

Os preços permitem o equilíbrio em cada mercado e contribuem para a realização do equilíbrio geral

O sistema dos preços, assegurando, pela auto-regulação, o equilíbrio entre a oferta e a demanda em cada mercado, favorece a realização do equilíbrio geral, na medida em que todos os mercados são interdependentes. Assim, o

---

1. Léon Walras, *Compêndio de elementos de economia política pura*.

equilíbrio no mercado de trabalho e no mercado do capital por meio do salário (preço de equilíbrio do trabalho) e do juro (preço de equilíbrio do capital) gera o equilíbrio no mercado de bens e serviços. Com efeito, todos os que oferecem seu trabalho obtêm emprego pelo salário de equilíbrio, todos os investidores emprestam seus capitais pela taxa de juros corrente. Assim, os empresários obtêm os recursos necessários à produção e, ao mesmo tempo, os canais de escoamento que lhes são úteis. Os assalariados e os aportadores de capital, a seguir, dão origem à demanda no mercado em função dos rendimentos que receberam. Pode-se ver como a lei do equilíbrio geral de Léon Walras é um prolongamento da lei dos mercados de Jean-Baptiste Say, segundo a qual a produção tendia a se escoar naturalmente a partir da distribuição dos rendimentos associados a ela.

Prolongamentos e críticas

Alfred Marshall faz uma síntese entre a visão objetiva e a visão subjetiva do valor

O economista britânico Alfred Marshall (1842–1924), em *The principles of Economics* [Princípios de economia] (1890), tentou reconciliar os clássicos defensores do valor-trabalho e os neoclássicos adeptos do valor-utilidade. A oferta de um bem é função dos custos de produção (visão objetiva), ao passo que a demanda de um bem é determinada pela utilidade (visão subjetiva). A curto prazo, as capacidades de produção não podem ser alteradas (capitais, equipamentos, estoques de produtos acabados); portanto, é a intensidade da demanda que determina o valor dos bens anunciado pelos preços. A longo prazo, os empresários podem modular as capacidades de produção; os custos de produção, então, são determinantes para a formação dos preços que então geram o valor dos produtos.

> Perguntar se o valor é determinado pela utilidade ou pelo custo de produção é tão razoável quanto discutir se é a lâmina superior ou a lâmina inferior de uma tesoura que corta um pedaço de papel.

Edward Chamberlain mostra que a concorrência também pode existir num mercado imperfeito

O economista norte-americano Edward Chamberlin (1899–1967), em *The theory of monopolistic competition* [Teoria da concorrência monopolista] (1933), mostra que os benefícios da concorrência não estão sistematicamente ligados à atomicidade da oferta e da demanda (um grande número de vendedores). Assim, ele apresenta a idéia, aparentemente paradoxal, da existência de uma *concorrência monopolista* num regime de concorrência imperfeita. Essa noção tende a mostrar a coexistência de um sistema concorrencial e de práticas próximas do monopólio. As firmas presentes no mesmo mercado procuram caracterizar seu produto como único aos olhos dos consumidores, tal como num mercado monopolista. Cada vendedor diferencia seus produtos com sinais distintivos claramente identificáveis pelos consumidores, como a marca, o logo, a embalagem, com uma política de comunicação externa (publicidade) voltada para o comprador. No entanto, o caráter monopolista parece relativamente limitado, na medida em que os consumidores sempre podem substituir um produto por outro, passar do produto de uma empresa para o produto da concorrente, tanto mais porque os bens em questão possuem características muito próximas. Os mercados atuais, referentes aos bens duráveis, derivam em sua maioria da concorrência monopolista.

Galbraith contrapõe a realidade do sistema industrial moderno aos postulados fundamentais dos economistas neoclássicos

Em várias obras, e mais particularmente em *The new industrial state* [O novo Estado industrial], o economista norte-americano John Kenneth Galbraith (1908–2006) ressalta as distorções entre os mercados reais e a concorrência perfeita cara aos neoclássicos. Algumas grandes empresas dominam sozinhas um mercado que geralmente se estende para além das fronteiras nacionais. De fato, os mercados são cada vez mais oligopolistas (alguns vendedores e um grande número de consumidores). A formação dos preços não está mais ligada à relação entre a oferta e a demanda, mas é determinada pelas estratégias de crescimento e desenvolvimento das grandes multinacionais. Galbraith propõe a noção de *preços administrados*, para designar a formação dos preços nos mercados oligopolistas. Estes se definem a partir de uma relativa concorrência, com diversos vendedores num mesmo mercado, e de preços próximos aos que surgiriam num regime de monopólio, na medida em que cada empresa tende a se aproximar dos preços habitualmente vistos no mercado.

Desnecessário dizer que a regulação impessoal da concorrência deixa de funcionar a partir do momento em que algumas grandes sociedades anônimas dominam a atividade econômica. Está-se, então, diante de um mercado oligopolista que se apropria do poder de fixar seus preços e de regulamentar a si mesmo segundo seu máximo interesse. Assim, ao se desenvolver, o sistema industrial destrói os mecanismos do mercado que, antes, constituíam sua principal característica.[2]

---

2. John Kenneth Galbraith & Nicole Salinger, *Tout savoir ou presque sur l'économie* (Paris, Le Seuil, Points Économie, 1978) [*A economia ao alcance de quase todos* (São Paulo, Pioneira, 1985)].

John Maynard Keynes, reformador do capitalismo 7

John Maynard Keynes nasceu em Cambridge em 1883. Aluno de Eton, depois estudante de matemática e economia no King's College em Cambridge, ele seguiu os ensinamentos do grande representante da escola neoclássica, Alfred Marshall. Depois de uma rápida passagem pela administração britânica no Ministério dos Negócios das Índias, tornou-se assistente no King's College, após defender sua tese sobre a teoria das probabilidades em 1908. A seguir, foi chamado para várias missões administrativas, primeiro no Tesouro em 1915, e depois para a conferência de paz em 1919, para preparar o Tratado de Versalhes. Discordando do montante das indenizações impostas à Alemanha, ele renunciou a suas funções. Então, passou a se dedicar a hábeis especulações na Bolsa, como Ricardo, ao mesmo tempo que escrevia vários artigos sobre os problemas econômicos da época. Recebendo o título de lorde em 1942, representou a delegação britânica na Conferência de Bretton Woods, em 1944. Morreu em 1946, de um ataque cardíaco.

A obra de Keynes constitui um dos monumentos do pensamento econômico. A exemplo de Smith e Marx, ele deu origem a um dos três principais paradigmas da ciência econômica: o keynesianismo. Opondo-se à ortodoxia liberal, Keynes mostrou os limites das reflexões neoclássicas, sobretudo na questão do subemprego. Pronunciou-se também contra a teoria quantitativa da moeda, como havia sido enunciada pelo economista norte-americano Irving Fisher. Mas a quintessência da "revolução keynesiana" reside na interpretação da grande crise dos anos 1930. Com uma visão global das interações econômicas, Keynes, em sua *Teoria geral*, propôs um modelo macroeconômico que seria o fio condutor das políticas econômicas das chamadas *Trente Glorieuses*, os trinta anos de reconstrução e desenvolvimento pós-guerra.

Principais obras

The economic consequences of peace [*As conseqüências econômicas da paz*] (1919).
Treatise on money [*Tratado sobre a moeda*] (1930).
Essays in persuasion [*Ensaios de persuasão*] (1931).
General theory of employment, interest, and money [*Teoria geral do emprego, do juro e da moeda*] (1936).

I | Keynes põe em questão as perspectivas dos economistas clássicos

A abordagem de Keynes é decididamente macroeconômica

As análises apresentadas por Keynes partem das interdependências entre as diferentes grandezas que constituem o circuito econômico global. Antes de Keynes, os economistas clássicos e neoclássicos abordavam os fenômenos e mecanismos econômicos como vinculados a comportamentos individuais (consumo, poupança) ou a estratégias elaboradas por grupos de dimensões relativamente restritas (empresas). A economia nacional não era mais do que a soma dos comportamentos e estratégias individuais. A revolução keynesiana constitui uma ruptura com essas abordagens muito próximas ao individualismo metodológico. Keynes ensina a considerar o sistema econômico em seu conjunto e a analisar as interações entre as diferentes grandezas da economia nacional.

> Demos à nossa teoria o nome de "teoria geral". […] Com isso, quisemos apontar que tínhamos em vista sobretudo o funcionamento do sistema econômico tomado em seu conjunto, que tomávamos os rendimentos globais, os lucros globais, a produção global […]. E cremos que se cometeu um grave erro ao estender para o sistema tomado

em conjunto conclusões que haviam sido corretamente estabelecidas considerando apenas uma parte do sistema tomada isoladamente.[1]

Keynes contesta a "lei dos mercados" de Jean-Baptiste Say. Para Say, a oferta cria sua própria demanda, e os produtos são trocados por produtos. Malthus já havia manifestado uma certa reticência diante do modelo do economista francês, e Keynes amplia a crítica malthusiana ao destacar a possível inadequação entre os rendimentos distribuídos durante a produção e o gasto desses mesmos rendimentos na compra da produção. A poupança, enquanto se caracteriza como uma renúncia ao consumo, rompe a lógica da lei de Say. Sempre é possível uma crise de superprodução, e o equilíbrio nunca é automático. Além disso, Keynes inverte o raciocínio de Say: não é a oferta que gera, por ajuste, a demanda dos produtos criados, mas é a demanda que gera a produção.

Inspirando-se em Malthus, Keynes destaca os efeitos perversos da poupança numa condição de subemprego. Ao contrário dos clássicos, que viam na poupança o esteio da acumulação e, portanto, do crescimento econômico, Keynes inclui o excesso de poupança na dinâmica da crise. A poupança aparece como uma fuga do circuito econômico;

---

1. John Maynard Keynes, *Teoria geral do emprego, do juro e da moeda* (1936).

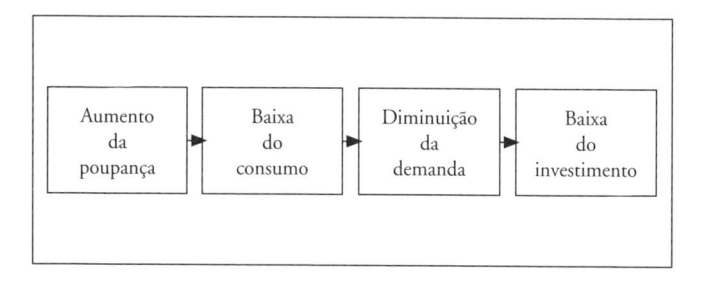

| Aumento da poupança | → | Baixa do consumo | → | Diminuição da demanda | → | Baixa do investimento |

os consumidores, ao reduzir suas despesas, incentivam os empresários a diminuir seus investimentos e, por conseguinte, a não criar emprego e inclusive demitir. O aumento do desemprego então se traduz numa regressão do consumo, que apenas piora a situação inicial. Desse modo, o desemprego, por sua vez, gera desemprego.

> [...] se já existe um excedente significativo de desempregados [...], o fato de poupar simplesmente aumentará esse excedente e aumentará o número de desempregados. Além disso, todo homem levado ao desemprego por esta ou qualquer outra razão verá diminuir seu poder aquisitivo e provocará, por sua vez, maior desemprego entre os trabalhadores que produziriam aquilo que ele não tem mais meios de comprar. E assim a situação piora incessantemente, num círculo vicioso.[2]

---

2. Id., declarações pela rádio (1931).

Keynes contesta a teoria clássica da taxa de juros e a neutralidade da moeda

Para os clássicos, o juro é um preço que, como qualquer outro, é determinado pelo jogo da oferta e da demanda no mercado; aqui, trata-se do mercado de capitais. A taxa de juros equilibra o nível do capital que pode ser emprestado e o nível do capital buscado pelos empresários. Assim se forma o equilíbrio entre a poupança e o investimento.

Keynes rompe com a visão clássica ao mostrar que a taxa de juros regula menos o mercado de capitais do que a oferta e a demanda de moeda, isto é, de "dinheiro líquido".

Keynes então recorre a um novo instrumento: *a preferência pela liquidez*, que remete aos comportamentos dos agentes econômicos. Essa preferência pela liquidez, que se caracteriza pela vontade de conservar valores em caixa em moeda líquida, responde a três motivações:

- um motivo de *transação*. Os agentes econômicos conservam uma parte de seus rendimentos em forma líquida para atender às despesas normais de consumo;
- um motivo de *precaução*. Os agentes econômicos guardam valores líquidos para se precaver contra eventuais dificuldades (desemprego, acidente);
- um motivo de *especulação*, que leva os agentes econômicos a guardar dinheiro líquido aguardando uma boa ocasião (alta das taxas de juros).

A preferência pela liquidez motivada pelas intenções de transação e precaução não varia em função da taxa de juros. Não é o que ocorre com a intenção de especulação. A demanda de moeda é forte quando a taxa de juros é baixa, e fraca quando a taxa de juros é alta. Com efeito, o juro recompensa aquilo que Keynes chama de "renúncia à liquidez". Para ele, trata-se não tanto de um preço, e sim de um prêmio oferecido aos poupadores para incentivá-los a se desfazer de suas reservas monetárias. Se a demanda monetária decorre da preferência pela liquidez, a oferta monetária é determinada pelas decisões do banco central sobre a criação de moeda. A taxa de juros, então, é função das relações que se criam entre a preferência pela liquidez e a oferta monetária do banco central.

Com Keynes, a moeda não é neutra em relação à evolução da conjuntura econômica. A moeda deixa de ser um mero veículo de trocas, como pensavam os clássicos. A moeda vai atuar sobre a economia através da taxa de juros. Uma diminuição dessa taxa pode estimular os empresários a aumentar seus investimentos e, assim, criar empregos.

Keynes contesta a teoria clássica do desemprego

Os economistas clássicos e neoclássicos vêem o mercado de trabalho pelo ângulo da teoria do equilíbrio geral. O trabalho humano é uma mercadoria como outra qualquer, e seu preço é determinado livremente pelo simples jogo entre a oferta (dos trabalhadores) e a demanda (dos empresários). É o salário, preço do trabalho, que permite atingir o equilíbrio entre a oferta e a demanda de trabalho. Arthur Cecil Pigou, colega e amigo de Keynes em Cambridge, apresenta a síntese neoclássica do desemprego em *Theory of unemployment* [Teoria do desemprego]. Não pode existir desemprego involuntário quando não há um entrave à livre concorrência no mercado de trabalho e à elasticidade dos salários nominais. Se a oferta é superior à demanda, o salário, como qualquer outro preço, deve diminuir. Na medida em que os salários diminuem e os preços continuam inalterados, os lucros das empresas aumentam, estimulando assim a criação de novos empregos que reabsorvem o desemprego. Para os clássicos, o desemprego só pode ser voluntário, isto é, ligado à recusa dos trabalhadores de aceitar uma baixa em sua remuneração.

Keynes se opõe à teoria clássica do desemprego, tal como é formulada por Arthur Cecil Pigou. Para o autor da *Teoria geral*, a baixa dos salários, remédio milagroso dos economistas liberais, só pode gerar o aumento do desemprego.

Se a redução dos salários é acompanhada por uma baixa dos preços, nenhuma alteração consegue romper o círculo vicioso do subemprego, na medida em que os salários nominais (expressos em moeda) serão iguais aos salários reais (salários nominais corrigidos pela evolução dos preços). Uma redução salarial de 10%, associada a uma baixa do nível geral dos preços de 10%, mantém inalterado o nível de lucro das empresas. Não pode haver, portanto, criação de empregos.

Se a redução salarial é de 10%, ao passo que a baixa dos preços é de apenas 8%, os salários reais têm uma queda de 2%. Essa perda de poder aquisitivo traz como conseqüência uma redução das despesas de consumo, que por sua vez acarreta baixa do emprego e do investimento das empresas, motores da dinâmica keynesiana.

> Que a razão do desemprego típico de um período de depressão seja a recusa da mão-de-obra em aceitar uma redução dos salários nominais é uma tese que não foi claramente demonstrada pelos fatos. Não é plausível afirmar que o desemprego nos Estados Unidos em 1932 decorreu da resistência obstinada da mão-de-obra à baixa dos salários nominais, ou da vontade irredutível de obter um salário real superior ao que lhe podia ser proporcionado pelo rendimento da máquina econômica. […] Esses fatos da observação formam, pois, um terreno preliminar onde se pode colocar em dúvida a fundamentação da análise clássica.[3]

---

3. Id., *Teoria geral do emprego, do juro e da moeda* (1936).

II — A demanda efetiva é o conceito central do esquema keynesiano

A demanda efetiva comanda o nível da produção e, portanto, o nível do emprego

O conceito de demanda efetiva, já utilizado por Malthus para ressaltar sua oposição à "lei dos mercados" de Say, designa não a demanda real, mas a demanda potencial tal como antecipada pelos empresários. É em função da demanda efetiva, que reúne a demanda de bens de consumo e de bens de produção, que os empresários determinam o nível da produção. É evidente que de nada serve produzir se os bens produzidos não têm compradores. Assim, o nível da produção das empresas deve estar de acordo com o nível da demanda antecipada pelos empresários. O nível do emprego, por sua vez, decorre do nível de produção. Quanto mais alto for o nível de produção, mais significativo é o recurso ao emprego do fator trabalho. O nível do emprego (pleno emprego ou desemprego) está ligado ao nível da demanda efetiva, por meio das estratégias empresariais relativas aos planos de produção.

O volume do consumo depende, em primeiro lugar, do nível de rendimento global

De fato, um rendimento só pode ser utilizado de duas maneiras: poupança e consumo. Se o rendimento aumenta, os

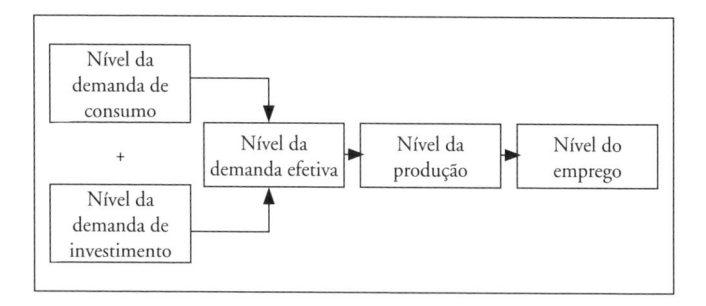

```
┌─────────────────────────────────────────────────────────────┐
│  ┌──────────────┐                                            │
│  │ Nível da     │                                            │
│  │ demanda de   │──┐                                         │
│  │ consumo      │  │                                         │
│  └──────────────┘  ▼                                         │
│        +      ┌──────────────┐  ┌──────────┐  ┌──────────┐  │
│               │ Nível da     │▶ │ Nível da │▶ │ Nível do │  │
│  ┌──────────────┐ demanda efetiva│ produção │  │ emprego  │  │
│  │ Nível da     │  └──────────────┘  └──────────┘  └──────────┘
│  │ demanda de   │──▲                                         │
│  │ investimento │                                            │
│  └──────────────┘                                            │
└─────────────────────────────────────────────────────────────┘
```

dois devem aumentar normalmente. Isso se traduz na seguinte função de consumo: C = f(R), onde o consumo (C) é função do rendimento global (R). Quando o rendimento aumenta, o consumo cresce. No entanto, segundo Keynes, ele cresce numa proporção menor do que o aumento do rendimento. Para estabelecer as relações que podem ligar o consumo ao rendimento, Keynes definiu as propensões médias e marginais a consumir.

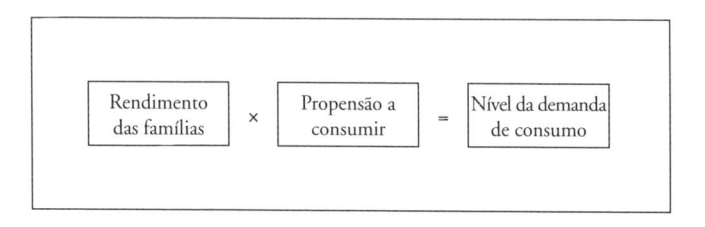

```
┌─────────────────────────────────────────────────────────────┐
│   ┌──────────────┐     ┌──────────────┐    ┌──────────────┐ │
│   │ Rendimento   │  ×  │ Propensão a  │  = │Nível da demanda│
│   │ das famílias │     │  consumir    │    │ de consumo    │ │
│   └──────────────┘     └──────────────┘    └──────────────┘ │
└─────────────────────────────────────────────────────────────┘
```

A *propensão média a consumir* mede a relação entre o consumo e o rendimento num dado período.

propensão média a consumir: $\dfrac{C}{R}$

A *propensão marginal a consumir* mede a relação entre a variação do consumo num dado período, e a variação correspondente do rendimento no mesmo período:

propensão marginal a consumir: $\dfrac{\Delta C}{\Delta R}$

Inversamente, a *propensão média a poupar* mede a relação entre a poupança e o rendimento num dado período:

propensão média a poupar: $\dfrac{P}{R}$

A *propensão marginal a poupar* mede a relação entre a variação da poupança num dado período, e a variação correspondente do rendimento no mesmo período:

propensão marginal a poupar = $\dfrac{\Delta P}{\Delta R}$

A demanda de bens de consumo, portanto, depende do rendimento global e da propensão marginal a poupar.

A demanda de bens de produção ou nível da demanda de investimento depende da taxa de juros e da rentabilidade, descontados os investimentos

A taxa de juros, isto é, o empréstimo do dinheiro, é determinada pelo jogo da demanda e de oferta de moeda líquida. Como vimos antes, a demanda monetária é função da preferência pela liquidez, que corresponde às intenções de transação, precaução e especulação dos agentes do sistema econômico. A oferta de moeda provém da política monetária. As autoridades monetárias (governo, banco central) decidem sobre a criação de moeda em vista de sua estratégia de política econômica global.

A rentabilidade dos investimentos é determinada por quatro parâmetros, que orientam as decisões dos empresários. A decisão de investir tem origem no volume dos capitais existentes no setor de produção que interessa ao empresário. Ele estuda também a intensidade da utilização dos capitais já presentes no setor. Se os equipamentos já são importantes e existem capacidades de produção subempregadas (máquinas com capacidade ociosa), o estímulo a investir é pequeno.

Ademais, a rentabilidade do investimento nunca é avaliada a curto prazo; os empresários, em sua estratégia de investimento, consideram a rentabilidade dos novos materiais produtivos durante toda a sua vida útil. Assim, a atividade econômica no momento, bem como a evolução da produção e do consumo, podem acelerar ou frear a decisão de investir. A recessão – a diminuição do consumo – não oferece perspectivas para a realização de novos investimentos. Por outro lado, o início de um ciclo de expansão ou a oportunidade de um *boom* econômico aparece para os empresários como momento propício para a criação de novos bens de capital.

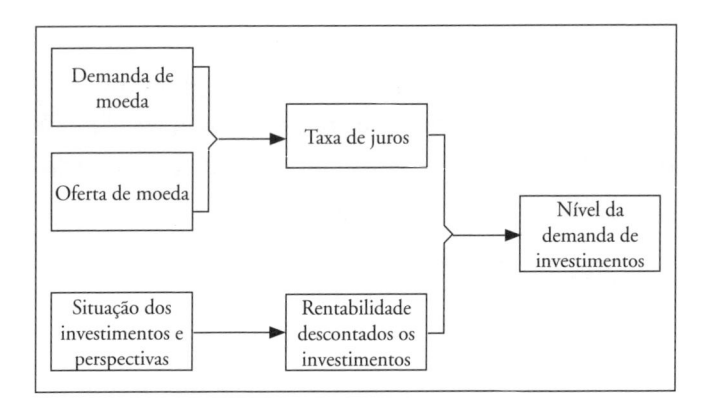

```
┌─────────────────────────────────────────────────────────┐
│  ┌──────────────┐                                       │
│  │ Demanda de   │──┐                                    │
│  │   moeda      │  │                                    │
│  └──────────────┘  ├──► ┌──────────────┐                │
│                    │    │ Taxa de juros│──┐             │
│  ┌──────────────┐  │    └──────────────┘  │             │
│  │Oferta de moeda│─┘                      ├──► ┌────────┐
│  └──────────────┘                         │    │Nível da│
│                                           │    │demanda de│
│                                           │    │investimentos│
│  ┌──────────────┐    ┌──────────────┐     │    └────────┘
│  │ Situação dos │    │ Rentabilidade│     │
│  │investimentos e│──►│descontados os│─────┘
│  │ perspectivas │    │ investimentos│
│  └──────────────┘    └──────────────┘
└─────────────────────────────────────────────────────────┘
```

É a propensão a consumir e o montante do novo investimento que determinam conjuntamente o volume do emprego, e é o nível de emprego que determina exclusivamente o nível dos salários reais – e não o inverso. Se a propensão a consumir e o montante do novo investimento geram uma demanda efetiva insuficiente, o volume efetivo do emprego será inferior à oferta de trabalho.[4]

Keynes toma de empréstimo a Richard Kahn a teoria do multiplicador, que se torna um elemento central da teoria geral

O aumento da demanda efetiva exerce um efeito multiplicador sobre o rendimento, isto é, um aumento mais do que proporcional à alta inicial que lhe deu origem. É o que

---

4. Ibid.

ocorre com o investimento, elemento essencial da demanda efetiva. Uma despesa suplementar em bens de equipamento determina uma elevação do rendimento nacional (Y) superior à despesa inicial de investimento. Obtém-se a fórmula:

$$Y = k \times I$$

onde k é o coeficiente de multiplicação que liga Y e I.

Um aumento do investimento privado (ou público) de 100 milhões (100) traz como conseqüência um aumento do rendimento de 100 milhões, que vão se repartir entre o consumo e a poupança (R = C + P). Essa divisão é determinada pela propensão marginal a consumir. Supondo que ela seja de 0,75, tem-se uma primeira onda de despesas igual a: $100 \times 0{,}75 = 75$. Os 75 milhões gastos constituem, por sua vez, rendimentos para os agentes econômicos que os recebem. Mantendo a mesma propensão marginal a consumir, tem-se: $75 \times 0{,}75 = 56{,}25$. Esse processo de multiplicação continua até a enésima onda. O crescimento do rendimento nacional, obtido graças a um investimento inicial de 100 milhões, é igual a:

$$100 + 0{,}75 \times 100 + 0{,}75(0{,}75 \times 100) + \ldots + 0{,}75n \times 100.$$

Supondo que o limite a que tende essa série seja 400, o crescimento do rendimento nacional obtido com um investimento inicial de 100 será, portanto, de 400. Logo, o multiplicador (k) é 4.

III | Keynes preconiza, em períodos de crise, a intervenção do poder público

As políticas econômicas devem permitir a volta ao pleno emprego. As armas orçamentárias e monetárias podem ser utilizadas para fins de regulação conjuntural.

A ampliação das funções do Estado é a única maneira de evitar uma destruição das instituições econômicas

Perante a crise econômica, a recessão e o desemprego, os poderes públicos devem acionar políticas econômicas que permitam a restauração do pleno emprego. Cumpre favorecer o aumento da propensão ao consumo, sobretudo por meio da política fiscal, e apoiar e desenvolver o investimento com a determinação da taxa de juros. O Estado se substitui aos mecanismos espontâneos do mercado, para assegurar o equilíbrio econômico e o crescimento, mas sem eliminar a sociedade civil em favor de um sistema coletivista. Keynes não acredita no socialismo de Estado, assim como se declara contrário ao princípio das nacionalizações: o Estado não deve assumir a propriedade dos meios de produção. Se o poder público deve intervir em apoio à sociedade civil, sua gestão deve ser apenas temporária. Uma vez garantido o retorno ao pleno emprego, a intervenção estatal cessa e o mercado retoma seus direitos.

No tocante à propensão a consumir, o Estado será levado a influir em seus rumos com sua política fiscal, com a determinação da taxa de juros, e talvez também com outros meios. De resto, é improvável que a influência da política bancária sobre a taxa de juros seja suficiente para conduzir o fluxo de investimentos a seu valor ótimo. Também cremos que uma socialização bastante ampla do investimento se revelará como o único meio de garantir aproximadamente o pleno emprego.[5]

As finanças públicas, que associam a política fiscal e os gastos públicos, devem permitir a alavancagem da atividade econômica

Em matéria de gastos públicos, Keynes se opõe à "ortodoxia orçamentária" cara aos liberais, segundo a qual as despesas devem ser iguais às receitas fiscais, e o Estado deve dar o exemplo não gastando mais do que recebe. Essa abordagem é abandonada pelo mestre de Cambridge na medida em que uma retração dos gastos públicos com a finalidade de equilibrar o orçamento só pode aumentar a recessão e, portanto, o desemprego. Parece preferível aumentar as despesas públicas, mesmo ao risco de gerar um déficit orçamentário, para sustentar a atividade econômica. A reabsorção da recessão e do desemprego resultará, a certo prazo, num retorno ao equilíbrio orçamentário, devido ao aumento das receitas fiscais auferidas com os rendimentos da atividade.

---

5. Ibid.

Uma política de grandes obras, o aumento dos créditos orçamentários para o ensino ou a saúde pública, um esforço de redistribuição de renda entre as categorias sociais menos favorecidas são outros meios de impulsionar a economia. A eficiência econômica se conjuga com a justiça social; a política econômica se desdobra em política social. A esse título, Keynes pode ser considerado, ao lado de seu compatriota William Henry Beveridge, como um dos fundadores do Estado-providência.

> Se o Tesouro enchesse garrafas velhas com cédulas bancárias, enterrasse as garrafas a uma profundidade conveniente em minas desativadas, que depois seriam aterradas com entulho urbano, e autorizasse a iniciativa privada a extrair novamente as cédulas [...], o desemprego desapareceria e, levando em conta as repercussões, é provável que o rendimento real e a riqueza de capital da comunidade se tornassem sensivelmente mais elevados do que realmente são.[6]

Deve-se buscar a baixa das taxas de juros para permitir a alavancagem do investimento e, por conseguinte, do emprego

A oferta de moeda, determinada pelos poderes públicos (banco central), pode ser vantajosamente aumentada para forçar a

---

6. Ibid.

baixa das taxas de juros. Pode-se constatar a eficiência dessa estratégia microeconômica de um duplo ponto de vista:

- a baixa das taxas diminui os custos dos empréstimos feitos pelas empresas, estimulando assim novos investimentos;
- o aumento de liquidez gera uma alta dos rendimentos favorável à expressão da demanda, o que permite criar um clima de confiança benéfico para o investimento das firmas.

Essa política econômica não é absolutamente inflacionária, na medida em que existem capacidades de produção ociosas nas empresas e a economia se caracteriza por uma situação de subemprego. Keynes considera que a alta dos preços é determinada essencialmente por um desequilíbrio entre a oferta e a demanda. Logo, o aumento da massa monetária não cria de forma alguma tensões inflacionárias, enquanto o aparato produtivo pode responder às solicitações da demanda.

Prolongamentos e críticas

As economias contemporâneas são economias totalmente mistas

Após a Segunda Guerra Mundial, o pensamento keynesiano é a referência fundamental em termos de análise e, sobretudo, de definição de políticas econômicas. O economista norte-americano Paul Anthony Samuelson, Prêmio Nobel de 1970, apresentou o conceito de economia mista para designar a dupla regulação que caracteriza a maioria das nações. Além dos mecanismos do mercado, a atividade econômica é regulada também por políticas de intervenção estatal. Essas novas funções do Estado estão presentes na tipologia do economista norte-americano Richard Musgrave, em que o poder público assume três tipos de missão:

- a função *alocativa*, referente ao orçamento do Estado. Trata-se de determinar a estrutura dos recursos e sua orientação na composição dos bens públicos;
- a função *distributiva*, que substitui os rendimentos primários resultantes do mercado por uma redistribuição da renda, mais favorável à atividade econômica e mais propícia à igualdade na satisfação das necessidades essenciais dos agentes econômicos, sobretudo as camadas cuja demanda não pode se expressar por falta de solvência;
- a função *estabilizadora*, que permite garantir a realização dos grandes equilíbrios, paralelamente aos mecanismos espontâneos do mercado. Trata-se de buscar o maior crescimento possível, garantindo ao mesmo tempo o pleno emprego, a estabilidade da moeda (o mínimo de inflação possível) e o equilíbrio das trocas com o exterior.

Para Franco Modigliani, a taxa de poupança decorre do ciclo de vida

O economista italiano Franco Modigliani, nascido em 1918, Prêmio Nobel de economia em 1985, relativiza a hipótese keynesiana de um crescimento da poupança em função do aumento da renda. A decisão entre consumo e poupança dependeria de diversos fatores associados ao "ciclo de vida" de um indivíduo ou de uma família.

A idade é um fator dominante: os rendimentos associados à atividade profissional aumentam à medida do tempo de serviço na função. A competência e a experiência se traduzem numa elevação dos rendimentos do trabalho, atingindo um máximo por volta dos cinqüenta anos. A seguir, o impacto da aposentadoria pode resultar numa diminuição dos rendimentos. Logo, os agentes econômicos terão uma tendência à poupança que acompanha a evolução dos rendimentos da atividade. Inicialmente fraca, a poupança aumenta, atinge um máximo por volta dos cinqüenta anos e depois cai novamente, descrevendo uma curva em forma de sino. O tamanho da família também desempenha um papel nas estratégias de poupança dos agentes econômicos. Modigliani, baseando-se em estudos empíricos realizados nos EUA, mostra que a riqueza acumulada por uma família é uma função decrescente do número de filhos no lar. Assiste-se a uma retomada da poupança quando os filhos adultos deixam o lar dos pais.

James Duesenberry levanta a hipótese do rendimento relativo

Em 1949, num artigo chamado "Income, saving and the theory of consumer behavior" [Rendimento, poupança e a teoria do comportamento do consumidor], o economista norte-americano James Duesenberry mostrou que os comportamentos de consumo dos agentes econômicos não dependem apenas do nível de renda, mas também de sua posição nas estruturas sociais. Assim, para Duesenberry, as classes superiores são levadas por suas práticas de consumo a exercer um "efeito de demonstração" no conjunto do corpo social, e talvez mais particularmente nas categorias que vêm imediatamente abaixo. Quando um agente ou um grupo de agentes econômicos tem uma melhoria no padrão de vida, não irá aumentar automaticamente seu nível de poupança, como sugeria Keynes, mas tentará se aproximar, por um "efeito de imitação", das normas de consumo das categorias que, até então, estavam imediatamente acima dele. Alguns agentes econômicos, cujas rendas não aumentaram, podem chegar a diminuir sua poupança, e até se endividar, para adquirir certos bens duráveis que são a marca distintiva de uma posição social superior.

As políticas de alavancagem da atividade econômica não favoreceriam o retorno ao equilíbrio do mercado de emprego

O fracasso das políticas de alavancagem conduzidas na França por Jacques Chirac em 1975 e por Pierre Mauroy em

1981-82 põe em questão as políticas de inspiração keynesiana. As duas tentativas francesas de alavancagem pelo investimento (1975) e pelo consumo (1981) resultaram numa deterioração dos grandes equilíbrios: aumento da inflação e déficit no comércio exterior. A manipulação conjuntural das finanças públicas com a finalidade de regulação macroeconômica se choca com a coerção exterior. Esta se caracteriza pelo aumento da dependência de um país em relação ao resto do mundo, conforme sua economia se abre à dimensão internacional.

O raciocínio keynesiano se fundava numa economia fechada ou, em todo caso, protegida do exterior por um protecionismo temporário. Hoje não é mais a situação dos países industrializados. A criação do General Agreement on Tariffs and Trade (GATT) [Acordo Geral sobre Tarifas Aduaneiras e Comércio] em 1945 e as negociações comerciais multilaterais levaram a uma redução significativa das tarifas alfandegárias. Os estados-nação internacionalizaram suas economias. Um aumento da demanda determinado por uma estratégia estatal de alavancagem pode ser obtido com o recurso às importações de outros países, sobretudo se estes tiverem uma boa competitividade de preço em relação aos produtos internos. A alavancagem nacional, então, favorece os países concorrentes, sob a forma de entrada de divisas e criação de empregos.

Os anos 1980 foram marcados pelo aumento da regionalização do comércio mundial. O processo de integração econômica, anunciado na Europa logo após o término da Segunda Guerra, levou à criação de um mercado único, baseado na coordenação das políticas econômicas e monetárias dos Estados participantes. A criação da União Econômica e Monetária (UEM) supõe o respeito aos critérios de convergência definidos pelos acordos de Maastricht, quanto à estabilidade dos preços, ao déficit público e às taxas de câmbio. Dessa forma, o compromisso dos países europeus impede que os Estados implantem políticas autônomas de alavancagem econômica. A luta contra o desemprego é deixada de lado, em favor das políticas de rigor econômico e fiscal.

O mercado único europeu, porém, poderia comportar uma alavancagem das nações participantes. Se uma alavancagem estritamente nacional é impensável, parece possível o incentivo à economia européia, na medida em que a coerção exterior dos países europeus é, de modo geral, menor do que a de cada um deles, tomado isoladamente. Essa estratégia, evidentemente, requer uma vontade política européia.

Joseph Aloïs Schumpeter, teórico da inovação e dos ciclos

8

Joseph Aloïs Schumpeter nasceu em Triesch, na Morávia, em 1883 – ano da morte de Marx e do nascimento de outro gigante do pensamento econômico: Keynes. Em Viena, estudou sociologia e depois economia, seguindo os cursos de Eugen von Böhm-Bawerk, um dos fundadores da escola neoclássica austríaca. Tornou-se professor da Universidade de Czernowitz e, mais tarde, de Graz. Após a Primeira Guerra, teve uma rápida carreira política como ministro das Finanças, e a seguir passou para a iniciativa privada, assumindo a direção de um grande banco, que viria a falir em 1924. Retornou ao ensino universitário, primeiro em Bonn e depois em Harvard, nos EUA, onde lecionou de 1932 até sua morte em 1950.

A obra de Schumpeter é fortemente marcada pela sociologia alemã (Max Weber) e pela economia de Karl Marx. Ao interpretar a teoria dos ciclos, Schumpeter se definiu como o teórico da mudança e dos desequilíbrios do sistema capitalista, cuja dinâmica se funda no papel do empreendedor e na difusão da inovação.

Principais obras

Die Theorie der Wirschaftlichen Entwicklung [*Teoria do desenvolvimento econômico*] (1911).

Business cycles [*Ciclos de negócios*] (1939).

Capitalism, socialism and democracy [*Capitalismo, socialismo e democracia*] (1942).

I | O empreendedor é o revolucionário da economia

Os motivos que levam o empreendedor a agir não são exclusivamente comandados pela busca de lucro

Ao contrário de Marx, para quem o empreendedor, "o homem do dinheiro", se identifica com uma classe social – a saber, a burguesia –, o empreendedor de Schumpeter é um indivíduo um pouco à margem do corpo social, um agente que, segundo seus próprios termos, "nada contra a corrente". Aqui ressurge a oposição epistemológica que distingue, no campo das ciências sociais, o individualismo metodológico, que concebe a sociedade como produto da agregação dos comportamentos individuais, e o holismo, que entende o todo como origem do modo de funcionamento das partes. Em sua *Teoria do desenvolvimento econômico* (1911), Schumpeter desenvolve os motivos que caracterizam o empreendedor e o impulso à ação.

A criação de um espaço de poder, comparável à conquista territorial a que se entregavam os príncipes e guerreiros da Idade Média. Schumpeter descreve a vontade do empreendedor de constituir um reino privado, que possa vir a legar a seus descendentes e, assim, criar uma verdadeira dinastia industrial ou comercial.

A vontade de lutar e vencer é o segundo tipo de motivação que anima o empreendedor. A atividade econômica é entendida como uma espécie de luta de boxe, em que vence o melhor. O lucro é considerado um índice de sucesso, e não apenas o objetivo último da atividade empreendedora. O lucro não é a única razão de ser do empreendimento. Essa idéia será retomada mais tarde por John Kenneth Galbraith em sua obra *O novo estado industrial.*

A satisfação de criar uma forma econômica nova constitui o terceiro grupo de motivações. O empreendedor escolhe o campo econômico, isto é, a produção de riquezas, tal como o dramaturgo escolhe a composição de peças teatrais ou o arquiteto, a construção de edifícios públicos de vanguarda. Existem riscos e problemas inerentes a uma nova produção, mas a satisfação, por exemplo, de ter criado e difundido um novo produto recompensa altamente o empreendedor de todas as suas dificuldades.

II — O empreendedor está na origem da inovação

O empreendedor realiza novas combinações produtivas à base do trabalho humano e do capital fixo

Ele não é um cientista criando uma nova invenção, mas é quem utiliza novos meios de produção de maneira inovadora, mais vantajosa. O empreendedor, segundo Schumpeter, se diferencia do capitalista, o qual procura apenas fazer render seu capital, mas sem assumir riscos: assim, o capitalista tem a tendência, por desconfiança, de evitar a inovação. O empreendedor também não é um administrador, simples gestor de recursos econômicos preocupado principalmente com o equilíbrio contábil. Para Schumpeter, o empreendedor é aquele que "nada contra a corrente", longe dos caminhos batidos; ele é o elemento motor da mudança econômica.

Schumpeter apresenta cinco formas de inovação

Definida na *Teoria do desenvolvimento econômico*, a inovação não consiste apenas no investimento, nem na aplicação industrial do avanço técnico:

- a fabricação de um novo bem ou a transformação de um produto antigo com o acréscimo de uma nova qualidade, que o torna diferente;
- a introdução de um novo método de produção. Não é preciso que se baseie numa descoberta científica de

primeira importância. Pode ser um novo procedimento comercial;
- a abertura de uma nova saída para o produto num mercado que não tinha sido considerado anteriormente;
- a conquista de uma nova fonte de matérias-primas;
- a realização de uma nova organização da produção. Schumpeter cita o benefício da concentração das empresas ou o surgimento de mercados oligopolistas.

O papel do empreendedor consiste em reformar ou revolucionar a rotina de produção, explorando uma invenção ou, de modo mais geral, uma possibilidade técnica inédita. A construção das ferrovias em sua fase inicial, a geração de energia elétrica antes da Primeira Guerra Mundial, o vapor e o aço, o automóvel, os empreendimentos coloniais são exemplos significativos de uma vasta categoria de negócios, que abrange inúmeros outros mais modestos – até os que consistem, na escala mais básica, no êxito de uma lingüiça ou de uma escova de dentes específica.[1]

O lucro é a remuneração do empreendedor

A obtenção de uma nova combinação produtiva, mais inovadora do que as precedentes, resulta num excedente de valor: o lucro. Este se torna, pois, a remuneração do "empreendedor dinâmico", que deu origem à inovação.

---
1. Joseph Aloïs Schumpeter, *Capitalismo, socialismo e democracia* (1942).

E o que eles fizeram? Não acumularam mercadorias, não criaram nenhum meio de produção original, mas empregaram os meios de produção existentes de maneira diferente, de modo mais adequado e mais vantajoso. Colocaram "em prática novas combinações". Eles são empreendedores. E seu lucro, o excedente que não contrabalança nenhum passivo, é o lucro empresarial.[2]

O lucro que decorre da inovação não constitui uma renda de caráter permanente. O empresário inovador que, por exemplo, acaba de lançar um novo produto no mercado não manterá sua posição por muito tempo. Ele se beneficia de uma situação de monopólio por curto prazo. De fato, o montante dos lucros ligados a uma nova atividade atrai outros empreendedores que, por efeito de imitação, passam a fabricar o novo produto. A chegada de novos concorrentes, então, reduz a margem de lucro para todo o setor.

A função empresarial, porém, pode declinar – e, com ela, a inovação – devido a mudanças que afetam a grande empresa moderna

O aumento das dimensões da empresa ameaça eliminar a figura do empresário inovador. A grande empresa opera com a divisão do trabalho, a segmentação das funções e a "rotina" dos processos decisórios. Para Schumpeter, a função social do em-

---

2. Id., *Teoria do desenvolvimento econômico* (1911).

preendedor cede lugar à institucionalização daquilo que hoje é chamado de "pesquisa e desenvolvimento" (P&D). O progresso técnico fica a cargo de equipes de especialistas a serviço das diretorias das grandes corporações, inteiramente dedicadas a elas, sem poder reivindicar qualquer autonomia. A despersonalização e a burocracia substituem a iniciativa individual.

A classe burguesa, que gerou um grande número de empreendedores, também está ultrapassada, com a evolução das estruturas econômicas do capitalismo moderno que ela própria havia criado. Relegada ao papel de acionista, motivada apenas pelo desejo de aumentar os dividendos, a burguesia perdeu seu poder de direção econômica.

A unidade industrial gigantesca, plenamente burocratizada, não só elimina as firmas de porte pequeno e médio ao "expropriar" seus proprietários, mas, ao fim e ao cabo, elimina igualmente o empreendedor e expropria a burguesia como classe destinada a perder não só seus rendimentos, mas também, o que é infinitamente mais grave, sua própria razão de ser.[3]

III | A inovação está no cerne da dinâmica do capitalismo

A inovação se caracteriza por um processo de destruição criadora

O capitalismo é um sistema econômico em movimento incessante. Nunca é e nunca poderá ser estacionário. Sua

---

3. Id., *Capitalismo, socialismo e democracia* (1942).

essência é a evolução permanente que, retomando a fórmula de Schumpeter, revoluciona constantemente a estrutura econômica em seu interior, destruindo continuamente seus elementos velhos e criando continuamente elementos novos. Portanto, seria inútil buscar qualquer estabilidade no funcionamento da economia real. O desenvolvimento econômico, motor do capitalismo, se opõe à visão de um circuito auto-regulado apenas pelas forças do mercado. O empreendedor, na medida em que aplica as inovações, rompe o equilíbrio econômico com a introdução de uma nova dinâmica, que vem perturbar o conjunto dos elementos do sistema econômico.

As inovações surgem em "pacotes"

Uma inovação nunca aparece sozinha, e pertence a um grupo que reúne várias inovações. O recente exemplo da difusão da informática ilustra bem a tese schumpeteriana do pacote tecnológico. A produção armamentista, a burocracia, a informática para o grande público são outros novos produtos que se seguiram no intervalo de uma década e modificaram, de modo correlato, nossos modos de produzir, trabalhar e consumir. Essa sinergia em torno de uma inovação motriz é o vetor do crescimento econômico, na medida em que ela condiciona o investimento, o emprego e a demanda dos consumidores.

A inovação, fenômeno descontínuo, gera flutuações no crescimento econômico

O advento de empresários inovadores não é um fenômeno permanente, o que se manifesta no caráter esporádico da inovação e, por conseguinte, do crescimento econômico. Num primeiro período, a inovação apresenta seus efeitos benéficos alimentando o crescimento econômico. Essa fase de prosperidade vem acompanhada do aumento de investimentos e do pleno emprego. Numa segunda fase, o pacote tecnológico tem um impacto desestabilizador nas estruturas econômicas: é o momento crítico da "destruição criadora" que pode incluir falências de empresas, quedas nas ações e desemprego.

> Esse processo de mutação industrial imprime o impulso fundamental que dá o tom geral aos negócios: enquanto essas novidades se implantam, a despesa é fácil e a prosperidade domina – não obstante, naturalmente, as fases negativas dos ciclos mais curtos, sobrepostos à tendência fundamental de alta –, mas, ao mesmo tempo em que essas realizações se efetuam e seus frutos começam a surgir, assiste-se à eliminação dos elementos obsoletos da estrutura econômica e predomina a "depressão". Assim, sucedem-se longos períodos de inchamento e desinchamento dos preços, das taxas de juros, do emprego, e desse modo tais fenômenos constituem peças do mecanismo de rejuvenescimento recorrente do aparato produtivo.[4]

---
4. Ibid.

Schumpeter retoma três séries de ciclos da literatura econômica

Ele explica o caráter cíclico do crescimento econômico, em que a inovação é fator de expansão e de posterior recessão, recorrendo a três categorias de ciclos superpostos.

O *ciclo longo* ou *ciclo de Kondratieff*, a partir dos trabalhos do economista russo Nicolai Dimitrievitch Kondratieff (1892–1930). Sua duração é de cinqüenta anos, dividida em dois períodos de 25 anos: a fase A associa o crescimento da produção e a alta dos preços; a fase B se caracteriza por uma diminuição da produção e pela baixa dos preços.

O *ciclo intermediário* ou *ciclo de Juglar*, associado ao nome do economista francês Clément Juglar (1819–1905). Ele se divide em quatro fases (expansão, crise, recessão, retomada), com uma periodicidade de cerca de dez anos.

O *ciclo curto* ou *ciclo de Kitchin*, associado ao estatístico inglês Joseph Kitchin (1861–1932). Observado sobretudo nos EUA, tem uma duração de quarenta meses, e se caracteriza por uma diminuição da atividade em períodos de expansão e uma acentuação da baixa em períodos de recessão.

Esses três ciclos em conjunto explicam as irregularidades do crescimento econômico e a alternância das fases de expansão e recessão. O ponto de partida das fases A do ciclo de Kondratieff é marcado pelo surgimento de inovações motrizes, que alteram o sistema produtivo. Schumpeter se detém nas transformações da indústria têxtil e na difusão das máqui-

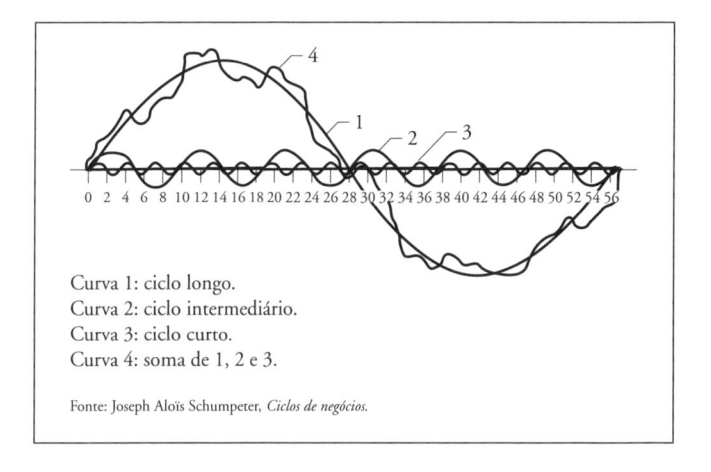

Curva 1: ciclo longo.
Curva 2: ciclo intermediário.
Curva 3: ciclo curto.
Curva 4: soma de 1, 2 e 3.

Fonte: Joseph Aloïs Schumpeter, *Ciclos de negócios*.

nas a vapor para explicar a expansão do período 1798–1815; as ferrovias e a metalurgia, para o período 1848–1873; por fim, a eletricidade e a química, para os anos 1896–1914.

Prolongamentos e críticas

A inovação explica a dinâmica do comércio internacional

Nos anos 1960, o economista norte-americano Michaël Posner desenvolveu, a partir da teoria de Schumpeter, uma explicação da troca internacional fundada no avanço tecnológico de uma indústria ou nação, e, portanto, sua superioridade em relação aos parceiros da troca mundial. Assim, a capacidade de exportação de um país está diretamente ligada ao progresso técnico incorporado no produto potencialmente exportável. Essa capacidade de exportação traz consigo equilíbrios econômicos, sobretudo em matéria de emprego, entrada de divisas e equilíbrio exterior. Os investimentos imateriais em P&D se mostram, portanto, fundamentais para a conquista de segmentos do mercado em escala planetária.

O empreendedor, revolucionário da economia, cede lugar aos dirigentes assalariados

Definido pelo economista norte-americano John Kenneth Galbraith (1908–2006) em *O novo estado industrial* (1967), o conceito de tecnoestrutura designa a organização decisória da grande empresa moderna. A complexidade das estratégias necessárias para a ampliação da grande empresa supõe o recurso a múltiplas competências, que não podem ficar a cargo de uma só pessoa. Assim, a empresa moderna procura ter a colaboração de diretores especializados nos campos correspondentes à sua expansão. Dessa forma, o empresário individual cede lugar a um "empresário coletivo". Os membros da tecnoestrutura geralmente não são donos do capital da empresa. São assalariados recrutados em função de suas competências técnicas. Para Galbraith, suas motivações estão essencialmente ligadas ao desenvolvimento da empresa. Assim, o lucro se torna um simples indicador dos desempenhos globais da unidade de produção. No entanto, essa concepção sobre a evolução das economias desenvolvidas apresenta dois limites:

- muitas empresas são de porte modesto (Pequenas e Médias Empresas – PME), onde a propriedade sempre coincide com a autoridade decisória;
- os membros das tecnoestruturas possuem uma autonomia apenas relativa. Quando os resultados da empresa mostram uma diminuição dos benefícios, o poder dos acionistas volta a ocupar o primeiro plano. Assim, os diretores assalariados podem ser demitidos. Os titulares do direito de propriedade retomam o gozo de todas as suas prerrogativas como donos do capital.

Milton Friedman, cruzado das liberdades econômicas 9

Milton Friedman nasceu no Brooklyn, em 1912, numa família judaica de origens modestas. Graças a diversas bolsas, ele pôde financiar seus estudos superiores, principalmente na Universidade de Chicago, onde estudou matemática, orientando-se a seguir para a economia. Em 1946, ano da morte de Keynes, Friedman obteve seu doutorado e iniciou carreira docente na mesma universidade. Em abril de 1947, ao lado de Friedrich von Hayek, Milton Friedman participou da fundação da Sociedade de Mont-Pèlerin – reunindo economistas ligados à defesa dos valores próprios do liberalismo econômico –, à qual viria a presidir de 1970 a 1972. Além de suas atividades de ensino e pesquisa, ele escreveu regularmente para a revista *Newsweek*, o que o tornou conhecido junto ao grande público. Recebeu várias missões de consultoria para diversas instituições de primeira importância, como o Federal Reserv e o Partido Republicano. Foi a esse título que se tornou conselheiro dos presidentes Richard Nixon e Ronald Reagan. Sua obra científica foi agraciada em 1976 com o prêmio de ciências econômicas do Banco da Suécia, em memória de Alfred Nobel, por sua contribuição à análise do consumo, à história e à teoria monetária, bem como por suas explicações das complexas políticas de estabilização.

Ao lado de Keynes, Milton Friedman é considerado um dos maiores economistas do século XX. Tal como seu colega britânico, ele exerceu uma grande influência sobre as políticas econômicas dos países anglo-saxões e das nações em desenvolvimento. Friedman é, acima de tudo, um economista liberal, defensor do *laisser-faire* das forças espontâneas do mercado para se atingir um estado de equilíbrio. Assim, Friedman se contrapõe à teoria e às políticas de inspiração keynesiana. Retomando a teoria quantitativa da moeda, de Irving Fisher, ele contesta a visão monetária derivada do keynesianismo: a inflação é sempre um fenômeno monetário. Nessa perspectiva, um banco central deve vincular a criação monetária ao aumento do volume da produção nacional. Por outro lado, ele aponta a existência de um desemprego natural, que não pode ser reduzido pelas políticas de alavancagem conjuntural, cuja única conseqüência seria o aumento da inflação.

Principais obras

The theory of the consumption function [*Teoria da função consumo*] (1957).

Capitalism and freedom [*Capitalismo e liberdade*] (1962).
A monetary history of the United States, 1867–1960 [*Uma história monetária dos Estados Unidos, 1867–1960*] (1963).
"The role of monetary policy" ["O papel da política monetária"], *American Economic Review 58* (1968).
Price theory [*Teoria dos preços*] (1976).
Free to choose [*Liberdade de escolher*] (1980).

I | Milton Friedman põe em questão a herança keynesiana

A teoria do rendimento permanente se opõe à função consumo derivada do modelo keynesiano

Um aumento do rendimento não supõe necessariamente um aumento imediato do consumo dos agentes econômicos. A hipótese é interessante, pois refuta a validade das políticas conjunturais de alavancagem da atividade por meio do consumo das categorias sociais menos favorecidas. Em *Teoria da função consumo*, publicada em 1957, Friedman lança as bases de um novo raciocínio sobre as relações entre a função repartição e a função consumo. Segundo Friedman, o rendimento corrente de um agente econômico resulta de dois componentes, um permanente e outro transitório.

O *componente permanente* ou *rendimento permanente* é função dos recursos que um indivíduo considera estáveis ao longo do tempo (patrimônio, salário vinculado à qualificação, avanço previsível na carreira profissional). É a partir do rendimento permanente que um agente econômico decide o montante de suas despesas. O *componente transitório* é mais "acidental" ou "aleatório", e pode se manifestar por uma baixa ou alta do rendimento no curto prazo (ganhos em aplicações financeiras, prêmios salariais, redução tributária). O componente transitório é flutuante em relação à durabilidade do componente permanente e, como tal, não se traduz num aumento das despesas de uma família. A teoria do rendimento permanente se opõe à idéia keynesiana de que um aumento do rendimento determina quase automaticamente um aumento da propensão a consumir e, portanto, da demanda global. Para Friedman, a alta do componente transitório do rendimento não tem efeito imediato sobre o consumo, na medida em que os agentes econômicos ainda não incorporaram o aumento de seus recursos ao rendimento permanente. Ora, apenas este último determina o nível de consumo. Somente depois de um certo prazo, denominado por Friedman "o horizonte do consumidor", é que se assiste a um aumento do consumo.

O interesse da teoria do rendimento permanente é mostrar as incertezas que podem surgir nos resultados das políticas conjunturais de alavancagem ou de sustentação da atividade econômica, diretamente inspiradas na *Teoria geral*, que supostamente reduziriam os desequilíbrios no curto prazo. Friedman contesta os mecanismos virtuosos associados ao multiplicador de investimento. Não é evidente que um aumento da despesa pública ou uma política de grandes obras crie sistematicamente um aumento do consumo dos lares. Apenas quando o componente transitório passa a ser parte integrante do rendimento permanente é que se pode registrar um aumento do consumo.

> Os componentes transitórios do rendimento de um consumidor não têm efeito sobre seu consumo, salvo quando se traduzem em efeitos que perduram além do horizonte. Seu consumo é determinado por considerações sobre o rendimento de um período mais longo, além dos fatores transitórios que afetam o consumo. Os componentes transitórios do rendimento se manifestam, em primeiro lugar, nas alterações dos ativos e passivos do consumidor, isto é, em sua poupança.[1]

Rompendo com o desemprego involuntário de tipo keynesiano, Friedman apresenta a idéia de uma taxa de emprego natural

Inspirado na visão neoclássica do desemprego voluntário, o conceito de desemprego natural remete a um certo nível de desemprego que não pode ser diminuído pelos instrumentos tradicionais da política conjuntural, em particular por uma política monetária de expansão. Logo, a cada momento existe na economia uma taxa de desemprego natural, determina-

---

1. Milton Friedman, *Teoria da função consumo* (1957).

da pelas imperfeições do mercado de trabalho, amplamente relacionadas com uma excessiva intervenção pública na regulação macroeconômica. A intervenção do Estado perturba a livre fixação dos salários, especialmente com a definição de um salário mínimo que pode ser superior à produtividade marginal do trabalho. A tributação e a paratributação dos salários alteram as estratégias de contratação das empresas e a busca de emprego dos trabalhadores. Os sindicatos podem travar a flexibilidade da taxa salarial, em sua tendência de baixa, em função do clima social e político. O seguro-desemprego, instrumento central do Estado-providência, também pode dissuadir os trabalhadores momentaneamente desempregados de se empenharem com mais afinco na busca de um novo emprego. A taxa de desemprego natural não está mais vinculada a uma contingência conjuntural de atonia da demanda, mas faz parte das próprias estruturas de um mercado administrado, na maioria das vezes, por forças exógenas à concorrência e ao sistema de preços. Friedman retoma a crítica às forças capazes de se opor à livre determinação dos preços pelo jogo da oferta e da demanda, e ao surgimento de um preço de equilíbrio no mercado de trabalho.

Como o desemprego natural é estrutural, não pode ser reduzido por meio de uma política orçamentária ou monetária de tipo conjuntural. Assim, qualquer injeção de liquidez adicional terá como única conseqüência uma elevação dos preços. Todavia, o desemprego natural não é uma fatalidade:

ele pode diminuir. E só se pode pensar em reduzi-lo a partir de políticas estruturais que liberalizem o mercado de trabalho. Além disso, a maior mobilidade na mão-de-obra, a difusão de informações referentes às vagas de emprego e a evolução da oferta de trabalho das empresas a curto e médio prazo podem acarretar uma diminuição do desemprego natural.

II | A manipulação conjuntural das finanças públicas não é capaz de vencer o desemprego

Milton Friedman reinterpreta a curva de Phillips

Em 1958, o economista neozelandês Alban Phillips demonstrou uma relação inversa entre a taxa de desemprego e a evolução dos salários nominais no Reino Unido, no período 1861–1957, estabelecendo a famosa curva que leva seu nome. Existiria uma estreita relação entre a situação do mercado de trabalho e o nível salarial. De fato, a diminuição do desemprego se manifesta, de maneira totalmente lógica, numa rarefação da mão-de-obra disponível e, por conseguinte, numa elevação dos salários. Segundo o princípio da oferta e da demanda, o que é abundante é barato, e o que é escasso é caro. Inversamente, o aumento do desemprego induz a uma baixa salarial, na medida em que a oferta de trabalho é superior à demanda. A curva de Phillips foi retomada por Paul Anthony Samuelson e Robert Solow em

1960. Numa nova curva, eles substituíram a variação salarial pela taxa de inflação, destacando a "impiedosa barganha" entre inflação e desemprego na condução da política econômica. Ou os governos se empenham na busca do pleno emprego com políticas econômicas orçamentárias e monetárias expansionistas – mas, nesse caso, é inevitável um certo grau de inflação –, ou tentam reduzir as pressões inflacionárias ao preço de um desemprego crescente.

Milton Friedman, por sua vez, parte para o exame da curva de Phillips, mas chega a conclusões diferentes das de Samuelson e Solow. Segundo Friedman, *o dilema inflação-desemprego não existe*, visto que o déficit orçamentário e a

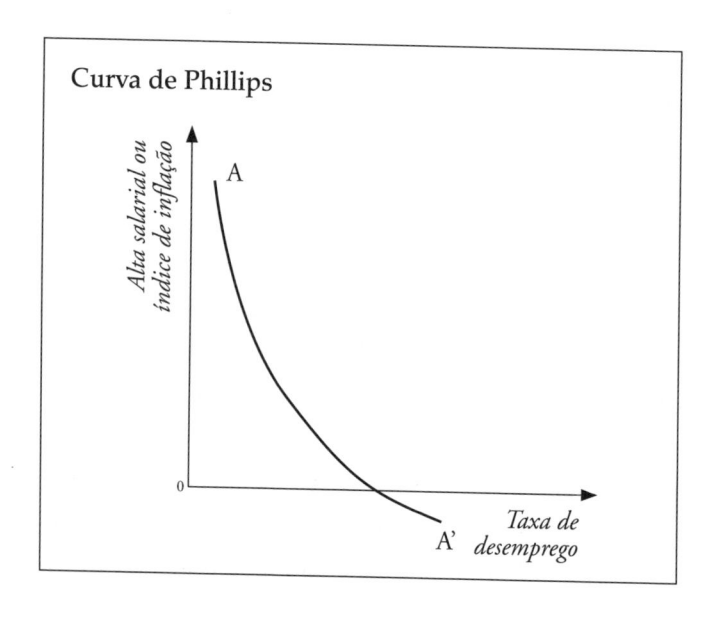

Curva de Phillips

criação monetária não conseguem reduzir o desemprego de forma durável. Pelo contrário, essas políticas discricionárias da farmacopéia keynesiana só podem resultar na *aceleração da inflação*, que se volta contra a atividade econômica.

Com efeito, o aumento da massa monetária gera pressões inflacionárias que reconduzem o desemprego a seu nível anterior

Friedman raciocina em dois tempos. Num primeiro momento, a alavancagem da atividade com vistas a reduzir o desemprego se faz pela injeção de liquidez na economia (déficit orçamentário, baixa da taxa de juros). Essas medidas resultam num aumento dos salários nominais, e, portanto, da demanda, da produção e do emprego. Mas, segundo a teoria quantitativa da moeda, um aumento excessivo de moeda se traduz numa alta dos preços (efeito Fisher). Num segundo momento, a inflação reconduz o nível dos salários ao patamar anterior. Os trabalhadores, vítimas da ilusão monetária, percebem que o poder de compra dos salários (salários reais) diminuiu em comparação aos preços dos bens de consumo nos mercados. Então, reivindicam novos aumentos salariais, que não serão necessariamente aceitos pelas empresas. Nesse segundo momento, os assalariados passam a integrar os efeitos da inflação no cálculo de suas remunerações: é o que Friedman chama de "antecipações adaptativas". Os agentes adotam estratégias de adaptação em função do desenvolvimento geral dos preços. Esse fenômeno resulta na volta ao desemprego anterior, mas com uma taxa de inflação mais elevada. Friedman, opondo-se assim a Keynes e aos keynesianos, condena o uso das políticas econômicas (a orçamentária e a monetária) para a regulação conjuntural.

III | A inflação é sempre e em toda parte um fenômeno monetário

Friedman retoma a teoria quantitativa da moeda

Por mais de 25 anos, Friedman e Anna Schwartz estudaram a história monetária dos Estados Unidos no longo prazo, para uma pesquisa do National Bureau of Economic Research. Esse trabalho, que em 1963 resultou na publicação de *Uma história monetária dos Estados Unidos, 1867–1960*, reabilita a teoria quantitativa da moeda, particularmente na formulação que lhe dera Irving Fisher em 1909. Qualquer variação na massa monetária só pode resultar numa igual variação no nível geral dos preços. Quando a massa monetária é quantitativamente insuficiente para autorizar a compra da produção, a economia entra em recessão. É assim que o líder da escola de Chicago explica a duração da crise de 1929, ao destacar a responsabilidade do Fed (o banco central dos Estados Unidos), quando a massa monetária americana baixou em um terço. Teria sido desejável aumentar a quantidade de moeda circulante para conjurar as dimensões da crise. Por outro lado, quando a quantidade de moeda circulante é superior ao nível da produção, a economia mergulha na inflação. Se a demanda de moeda permanece estável, o crescimento da liquidez leva os agentes econômicos a se desfazerem de uma moeda excedente, gastando-a na compra de bens e serviços. Ressurge o conhecido mecanismo da inflação por demanda.

> A causa imediata da inflação é sempre a mesma: um aumento anormalmente rápido da quantidade de moeda em relação ao volume da produção. Essa conclusão se baseia em numerosos exemplos históricos e se verifica em muitos países, ao longo de períodos que chegam a se estender por séculos inteiros. Não existe período de inflação prolongada – se esta tiver assumido proporções significativas – que não venha acompanhado por um aumento da quantidade de moeda mais rápido do que o da produção. É uma proposição muito simples. No entanto, muitas pessoas têm dificuldade em admiti-la.[2]

Milton Friedman prega a cruzada anti-inflação

Em *O papel da política monetária* (1968), Milton Friedman pretende mostrar que a inflação, fenômeno exclusivamente monetário, se deve a um aumento demasiado rápido da massa monetária em relação ao volume da produção (PIB).

---

2. Id., *O papel da política monetária* (1968).

Ele frisa a necessidade de incluir na Constituição americana um artigo referente ao aumento da massa monetária. Esta deve variar de modo constante, no mesmo ritmo da taxa de crescimento a longo prazo da produção nacional. O aumento da quantidade de moeda está ligado aos erros da política econômica (déficit orçamentário, política conjuntural de alavancagem de inspiração keynesiana, estratégias dos bancos centrais). Portanto, cumpre que os poderes públicos subordinem a criação monetária ao aumento da produção e desistam totalmente de recorrer às políticas de pleno emprego.

> [...] se não podemos confiar amplamente em especialistas independentes, como proceder para instituir um sistema monetário que seja estável, esteja protegido contra as manipulações governamentais e não apresente riscos para a liberdade política e econômica? A terceira solução consiste em entregar a condução da política monetária não mais a indivíduos, e sim a leis, criando dispositivos legais.

Prolongamentos e críticas

A crise do petróleo e a recessão subseqüente levaram ao recuo das políticas de inspiração keynesiana

As crises econômicas constituem um instrumento insubstituível de mobilidade nessa particularíssima categoria profissional a que pertencem os teóricos da economia. A grande crise dos anos 1930 dera razão aos neoclássicos. Já não era conveniente "*laisser faire* o mercado" para garantir a prosperidade. O Estado devia intervir com todo o seu peso para salvar a sociedade civil. Foi essa necessidade premente que garantiu o êxito de John Maynard Keynes. Mas o receituário keynesiano perdurou por muito tempo após a Segunda Guerra, e permitiu o crescimento econômico e o pleno emprego. Todavia, o modelo de regulação keynesiano começou a se esfacelar no final dos anos 1960. O golpe de misericórdia foi dado pela quadruplicação do preço do petróleo no segundo semestre de 1973. Como havia escrito Friedman em 1968, "Tornamo-nos todos keynesianos... mas ninguém é mais".

Como a cadeira do economista *number one* ficou vaga, Cambridge cedeu lugar a Chicago, e Friedman se tornou a referência máxima quanto à regulação macroeconômica. Mais mercado e menos Estado: tal parece ser a palavra de ordem desse retorno ao liberalismo friedmaniano.

A luta contra a inflação se torna o objetivo dos governos dos países ocidentais no final dos anos 1970

Os primeiros a ouvir a mensagem de Friedman no mundo anglo-saxão foram aqueles que iriam ocupar as mais altas funções políticas nos EUA e no Reino Unido: o presidente Ronald Reagan e a primeira-ministra Margaret Thatcher.

A França se converteu ao rigor monetário com certo atraso. Foi preciso esperar o ano de 1983 para que desse início à famosa política de desinflação competitiva. Desde sua fundação em 1999, o Banco Central Europeu (BCE), independente das prerrogativas dos governos dos Estados participantes em questões de política monetária, adotou os princípios definidos por Friedman.

Eleito em 1981, o presidente Ronald Reagan procurou reatar laços com os valores da sociedade americana: o trabalho, a poupança e o investimento. Em suas grandes linhas, o programa do novo presidente consistia em reduzir a presença do Estado na sociedade civil, recorrendo a uma diminuição dos créditos destinados às políticas sociais, acompanhada de uma redução da carga tributária sobre os rendimentos das pessoas físicas e jurídicas.

No Reino Unido, a primeira-ministra Margaret Thatcher implementou uma política drástica de controle da massa monetária. A taxa de juros do Banco da Inglaterra passou de 12 para 17%. Paralelamente, assistiu-se a uma ofensiva contra os sindicatos e a uma política de privatização. Na França, o rigor se instalou desde julho de 1983; o primeiro-ministro Pierre Mauroy pediu aos sindicatos que abandonassem a indexação dos salários aos preços. A taxa de inflação francesa passou de 13,6% em 1980 para 2,7% em 1986.

Índice temático

Alocação ótima de recursos, 5, 21

Balança comercial, 47
Banking principle, 41
Bens coletivos, 30-31
Bens de capital, 77, 125
Bens de consumo, 100, 122, 124, 159
Bens de produção, 35, 96, 122, 124
Bens e serviços, 14, 18, 31, 70, 72, 77, 103, 107, 109, 161
Bens reprodutíveis/Bens não-reprodutíveis, 36

Capital constante/Capital variável, 85-86
Capital técnico, 34, 87, 105

Ciclos (teoria dos ciclos), 137-138, 145-147
Classes sociais, 80, 88-89, 91, 93-95
Classe em si/Classe para si, 91
Coerção exterior, 135-136
Coerção moral, 59, 84
Comércio exterior, 41-42, 46-47, 49, 51, 135
Concorrência, 21-22, 24, 26-27, 31, 37, 50-51, 81, 84, 90, 98, 102-107, 110-112, 120, 156
Concorrência imperfeita, 106, 110
Concorrência monopolista, 110-111
Concorrência pura e perfeita, 98, 103-106
Consciência de classe, 90-91

Currency principle, 40-41
Curva de Laffer, 31
Curva de Phillips, 157-158

Demanda efetiva, 76, 122-123, 126-127
Desemprego, 13, 61, 75, 117, 119-122, 128-130, 136, 145, 152, 155-159.
Desemprego voluntário/ Desemprego involuntário, 155, 120
Destruição criadora, 143, 145
Determinação do preço, 12, 36, 39, 69
Divisão do trabalho, 10, 14-19, 28-29, 81-82, 142
Divisão internacional do trabalho (DIT), 19, 45, 51
Divisão manufatureira ou técnica do trabalho, 81
Dotação fatorial, 49

Empreendedor, 12, 42, 67-69, 71, 73, 75-77, 81, 138-144, 148
Empreendedorismo, 68
Equilíbrio geral, 98, 106, 108-109, 120
Escassez, 48, 100-101
Especialização, 16, 19, 28, 45, 50-51
Estado estacionário, 38, 39, 41

Estado-polícia, 23, 74
Exército ativo, 84
Exército industrial de reserva, 84

Fator(es) de produção, 12, 34, 45, 48-49, 53, 68-70, 75, 105

GATT, 135

Ideologia, 80, 87-88, 94, 96
Importação/Exportação, 41, 47-48, 59, 63, 147-148.
Individualismo, 115, 138
Individualismo metodológico, 115, 138
Inflação, 39-40, 47, 60, 132, 135, 152, 158-161, 163-164.
Inflação por demanda, 60, 161
Infra-estruturas, 74, 86-88
Inovação, 137-138, 140-147
Intensidade fatorial, 49

Laisser-faire, 10, 42, 152
Laisser passer, 42
Lei do equilíbrio geral, 109
"Lei dos mercados", 68, 71-72, 75-77, 109, 116, 122
Lei dos rendimentos decrescentes, 57
Leis dos cereais (*corn laws*), 34, 42

Leis dos pobres (*poor laws*), 60
Livre-câmbio, 33-34, 42, 50-52, 59
Lucro, 12, 14, 24, 27, 29, 34, 36, 38-39, 41-42, 46, 70, 72, 84, 86, 115, 120-121, 138-139, 141-142, 148
Luta de classes, 88-91, 94

Mais-valia, 84-87
"Mão invisível", 22-23, 42
Modo de produção, 81, 86, 89-90, 92, 94
Moeda bancária, 40-41
Moeda fiduciária, 33, 41
Monopólio(s), 14, 26-27, 98, 106, 111-112, 142
Multiplicador, 126-127, 154

Nacionalização, 98

Oferta/Demanda, 13, 31, 36-37, 61, 69-70, 72-73, 75-76, 98, 103-104, 106-110, 112, 116, 118, 120, 124-126, 130-131, 156-157
Oligopólio(s), 106
Organização científica do trabalho (OCT), 27

Pacote tecnológico, 144-145
Padrão-ouro, 46
Pleno emprego, 122, 128-129, 132, 145, 158, 162-163

Política de alavancagem, 129-130, 134-136, 152-154, 159, 162
Poupança, 56, 59, 77, 115-116, 118, 123-124, 127, 133-134, 155, 164
Preço de equilíbrio, 70, 107-109, 156
Preço natural/Preço corrente, 36-38
Preferência pela liquidez, 118-119, 125
Princípio da população, 58-59, 63, 94
Produtividade, 15, 49, 52, 62, 81-82, 156
Propensão a consumir/ Propensão a poupar, 123, 126, 129, 154
Protecionismo, 50-51, 135
Protecionismo educador, 51
Raridade, 35
Recessão, 75, 125, 128-129, 146, 160, 162
Relações de produção, 87-89
Renda da terra, 12, 14, 41
Rendimento decrescente, 38, 57
Rendimento permanente, 153-155
Rentabilidade, 124-126
Renúncia à liquidez, 119

Salário, 12-14, 29, 34, 36-39, 41, 46, 48, 53, 70, 72, 84,

86, 109, 120-121, 126, 153, 156-157, 159, 164
Salário de subsistência, 37
Salário real/Salário nominal, 120-121, 126, 157, 159
Socialismo de Estado, 128
Socialismo inferior/Socialismo superior, 93
Subemprego, 51, 114, 116, 121, 131
Superestruturas, 86-88
Sobreinvestimento, 77
Superpopulação, 55, 59, 84
Superpopulação relativa, 84

Taxa de câmbio, 47
Taxa de lucro, 41, 86
Taxa de poupança, 133
Taxa de salário, 48
Taylorismo, 27, 30
Teorema Hecksher-Ohlin, 48-49

Transição demográfica, 61, 63-65
Trabalho direto/Trabalho indireto, 35
Trabalho incorporado, 35-36
Troca desigual, 52

UEM (União Econômica e Monetária), 136
Utilidade marginal, 98, 101-102

Valor de troca/Valor de uso, 11, 12, 85
Valor-trabalho, 34, 52, 84, 99-100, 109
Valor-utilidade, 99, 109
Vantagem absoluta, 20
Vantagem comparativa, 43

Índice onomástico

Beveridge, William Henry, 130
Böhm-Bawerk, Eugen, 137
Boserup, Ester, 65-66

Chamberlain, Edward, 110
Coale, Ansley, 63
Cournot, Augustin, 98

Dahrendorf, Ralph, 95
Diderot, Denis, 15
D'Alembert, Jean, 9, 15
Duesenberry, James, 134
Durkheim, Émile, 29

Emmanuel, Aghiri, 53
Engels, Friedrich, 79, 89

Fisher, Irving, 114, 152, 159-160

Friedman, Milton, 151-161, 163-164
Friedmann, Georges, 29

Galbraith, John Kenneth, 111-112, 139, 148
Gilder, George, 75
Gournay, Vincent de, 26

Hayek, Friedrich von, 151
Heckscher, Eli Filip, 48-49
Hegel, Friedrich, 79-80
Helvétius, Claude Adrien, 9

Jevons, Stanley, 97-101
Juglar, Clément, 146

Kahn, Richard, 126
Kaldor, Nicolas, 52

Keynes, John Maynard, 51-52, 56, 73, 75-76, 113-123, 126, 128-131, 133-135, 137, 151-152, 160-163
Kitchin, Joseph, 146
Kondratieff, Nicolai Dimitrievitch, 146

Laffer, Arthur, 30, 31, 75
Leontieff, Wassily, 49
List, Friedrich, 50

Malthus, Thomas Robert, 37-38, 55-66, 76-77, 83-84, 94, 116, 122
Marglin, Stephen, 28
Marshall, Alfred, 109
Marx, Karl, 28, 38, 52, 79-82, 89-96, 99-100, 114, 137-138
Mauroy, Pierre, 134, 164
Menger, Carl, 98, 101
Modigliani, Franco, 133
Musgrave, Richard, 132

Notestein, Frank, 63

Ohlin, Bertil, 48-49

Phillips, Alban, 157-158
Pigou, Arthur Cecil, 120
Posner, Michaël, 147

Quesnay, François, 9

Reagan, Ronald, 76, 152, 163-164
Ricardo, David, 33-43, 45-47, 50, 52, 54, 55, 80, 84, 89, 113

Salinger, Nicole, 112
Samuelson, Paul Anthony, 132, 157-158
Say, Jean-Baptiste, 33, 67-69, 71, 73-77, 109, 116, 122
Schumpeter, Joseph Aloïs, 137-142, 144, 146-147
Schwartz, Anna, 160
Smith, Adam, 9-15, 17-19, 21-22, 25-26, 28-30, 33-35, 37, 42, 45, 55, 68-69, 74, 81, 99-100, 114
Solow, Robert, 157-158

Taylor, Frederick Winslow, 27
Thatcher, Margaret, 163-164
Tocqueville, Alexis de, 29
Turgot, Anne Robert, 9, 57

Walras, Léon, 97-103, 105, 107-109
Weber, Max, 96, 137

Referências bibliográficas[1]

FRIEDMAN, Milton. *Capitalismo e liberdade.* Trad. Luciana Carli. São Paulo, Abril Cultural, 1984. 185 pp. (Os Economistas)

_____. *Teoria dos preços.* Trad. Mariza Pires do Nascimento Silva. Rio de Janeiro, Apec, 1971. 320 pp.

FRIEDMAN, Milton & FRIEDMAN, Rose. *Liberdade de escolher: o novo liberalismo econômico.* Trad. Ruy Jungmann. Rio de Janeiro, Record, 1980. 317 pp.

GALBRAITH, John Kenneth. *O novo estado industrial.* Trad. Leônidas Gontijo de Carvalho. São Paulo, Nova Cultural, 1985. 298 pp.

KEYNES, John Maynard. *As conseqüências econômicas da paz.* Trad. Sérgio Bath. Brasília/São Paulo, UnB/Imprensa Oficial do Estado, 2002. 209 pp.

_____. *Teoria geral do emprego, do juro e da moeda.* Trad. Mário R. da Cruz. São Paulo, Abril Cultural, 1982. 352 pp. (Os Economistas)

MALTHUS, Thomas Robert. *Princípios de economia política e considerações sobre sua aplicação prática. Ensaio sobre a população.* Trad. Régis de Castro Andrade, Dinah de Abreu Azevedo &

---

1. Compostas especialmente para a edição brasileira. (N. de T.)

Antonio Alves Cury. São Paulo, Nova Cultural, 1996. 382 pp. (Os Economistas)

MARX, Karl. *A guerra civil na França*. Trad. Antonio Roberto Bertelli. São Paulo, Global, 1985.

_____. *Contribuição à crítica da economia política*. Trad. Maria Helena Barreiro Alves. São Paulo, Martins Fontes, 2003. 432 pp. (Clássicos)

_____. *Manuscritos econômico-filosóficos*. Trad. Jesus Ranieri. São Paulo, Boitempo, 2004. 176 pp.

_____. *O capital*. Trad. Reginaldo Sant'Anna. 3 tomos, 6 v. Rio de Janeiro, Civilização Brasileira, 1970.

_____. *O Dezoito Brumário de Luís Bonaparte*. Trad. Sílvio Donizete Chagas. São Paulo, Centauro, 2003. 149 pp.

_____. *Miséria da filosofia*. Trad. Paulo Ferreira Leite. São Paulo, Centauro, 2001. 196 pp.

MARX, Karl & ENGELS, Friedrich. *A ideologia alemã*. Trad. Luís Cláudio de Castro e Costa. São Paulo, Martins Fontes, 1998. 119 pp.

_____. *Manifesto do Partido Comunista*. Trad. Álvaro Pina. São Paulo, Boitempo, 1998. 254 pp.

RICARDO, David. "Ensaio acerca da influência do baixo preço do cereal sobre os lucros do capital". Em NAPOLEONI, Claudio (org.). *Smith, Ricardo, Marx: considerações sobre a história do pensamento econômico*. Trad. José Fernandes Dias. Rio de Janeiro, Graal, 1978. pp. 195-225.

_____. *Princípios de economia política e tributação*. Trad. Paulo Henrique Ribeiro Sandroni. São Paulo, Abril Cultural, 1982. 251 pp. (Os Economistas)

SAY, Jean-Baptiste. *Tratado de economia política*. Trad. Balthazar Barbosa Filho. São Paulo, Abril Cultural, 1983. 457 pp. (Os Economistas)

SCHUMPETER, Joseph Aloïs. *Capitalismo, socialismo e democracia.* Trad. Sérgio Góes de Paula. Rio de Janeiro, Zahar, 1984. 534 pp.

_____. "Explicação do ciclo de negócios". Em _____. *Ensaios.* Trad. Maria Inês Mansinho & Ezequiel de Almeida Pinho. Oeiras, Celta, 1996, pp. 18-41. (Coleção Economia e Sociedade)

_____. *Teoria do desenvolvimento econômico.* Trad. Maria Silvia Possas. São Paulo, Nova Cultural, 1997. 240 pp. (Os Economistas)

SMITH, Adam. *A riqueza das nações.* São Paulo, Martins Fontes, 2003.

_____. *Teoria dos sentimentos morais.* Trad. Lya Luft. São Paulo, Martins Fontes, 1999. 457 pp.

WALRAS, Léon. *Compêndio dos elementos de economia política pura.* Trad. João Guilherme Vargas Netto. São Paulo, Abril Cultural, 1983. 269 pp. (Os Economistas)

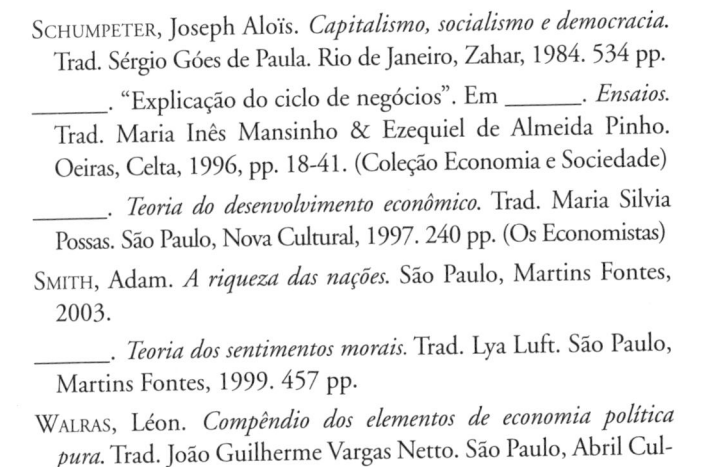

1ª edição Março de 2008 | **1ª reimpressão** Julho de 2014
Diagramação Megaart Design | **Fontes** Rotis/AGaramond
Papel Extraprint 90 g/m² | **Impressão e acabamento** Yangraf